君と1回目の恋

大島里美

JN179794

集英社文庫

目次

君と1回目の恋

プロローグ

『HASEGAWA COFFEE』の店主、長谷川俊太郎《はせがわしゅんたろう》の朝は、午前七時半に玉ねぎを炒《いた》めるところから始まる。玉ねぎが色づいてきたら、クミンを加える。香ばしい匂いがふわっと広がって、寝ぼけた頭も覚めてくる。

店の前には長い一本道があり、その道沿いに海水浴場がある。といっても、観光客がわんさか押し寄せるような場所ではなく、たいていは静かな海岸で、砂浜と瀬戸内《せとうち》の穏やかな海と青い空が、のどかに広がっている。

ニンジンをすりおろして鍋に放り込み、カレーの下ごしらえを終えると、コーヒーを淹《い》れてパンを焼く。そろそろ甥《おい》っ子の陸《りく》が「叔父《おじ》さん、朝メシは？」と、二階から降りてくる頃だ。

今年の夏が終わると、俊太郎は五十一歳になる。

俺が五十代になるなんて嘘《うそ》みたいだ。そう思うけれど、三十になった時も四十になった時もそう思ったから、結局中身は大して変わっていないのかもしれない。

「叔父さんは、もうずっと独りでいるつもり？」

こないだ陸が唐突にそんなことを聞いてきた。

「俺はいつでもウェルカムよ、向こうがこないだけ」

なんて茶化してみたが、ハタチそこそこの甥っ子は最近なんだか大人《おとな》びてしまい、ちょっと扱いにくい。とはいえ、隣に住む幼なじみとの恋はもどかしくも発展していないようで、そのアンバランスさがやっぱり、若さってことなのかもしれない。

はあ。いつのまにか俺も「若者の恋愛」とやらを茶化す立場になっちまった。つまりは、ちゃんと歳《とし》をとってるってことか。

棚からレコードを一枚選んでターンテーブルにのせると、針を下ろした。カウンターに座ってコーヒーを飲む。

「ずっと独りでいるなんて、やめてよね」

あの頃、ナツが言った言葉を思い出す。

「俊太郎さん、そういうの、向いてないから」

わかってるよ。それに、モテないこともないんだぜ。

いまだに靴下の片方をよくなくす俊太郎は、ある種の女性にとってはストライクらしく、アプローチしてきてくれる女性は何人かいたし、いいなと思う人がいないこともなかったが、なんだかんだで結局独りのままだ。

独り身の爺《じい》さんのままであっちに行ったら、「そんなことだろうと思った」と呆《あき》れながらも、笑ってくれるだろうか。

正直なことを言うと、今でもたまに、あの頃のナツに会いに行ったらどうだろう？　そんな想《おも》いがよぎることがある。

でも、だからといって、もう時間を巻き戻すつもりはない。あの頃のようには。

「叔父さん、なんかメシは？」

陸が階段を降りてくる音がする。

「もうすぐパンが焼けるよ。コーヒー飲むか？」

まったく世話が焼ける。立ち上がってキッチンに戻る。でも、こういう役回りはやっぱり、性に合っている。だろ？

壁に貼られた写真を見ると、二十九歳のナツが、大きな口を開けて笑っている。

フール・トゥ・クライ

ナッと初めて会ったのは、俊太郎が二十九歳の時だった。

一九九五年。スピッツが『ロビンソン』を歌い、ミスチルが『シーソーゲーム』を歌い、ドリカムが『LOVE LOVE LOVE』『サンキュ.』を歌い、東京の街には安室奈美恵《あむろなみえ》のファッションを真似《まね》した〝アムラー〟なる、命に関わる事故につながりそうな厚底のブーツを履いた女の子たちが現れ始め、携帯電話を持っている人はまだ少数で、連絡ツールはポケットベルの方が主流だった。

最初は数字しか送れず「0840」（おはよう）「8181」（バイバイ）「49106」（至急TEL）なんて暗号めいたやりとりしかできなかったポケベルも、この頃には、カタカナのメッセージが送れるように進化していた。

電話からポケベルの番号にかけ、「ア」と送りたければ「11」、「イ」は「12」とボタンを押す。「1112411285」で、ポケベルの小さな液晶画面には「アイタイヨ」。駅の公衆電話にはいつも人差し指を動かして数字のボタンを押す女子高生の姿があった。
そんな時代だ。

その年の六月。下北沢《しもきたざわ》のレコードショップ『イズミレコード』で、俊太郎が中古レコードの買取り査定をしていると、ポケベルが鳴った。「ちょっとすみません」とお客に頭を下げ、メッセージを見ると、

『ホンジツ　ロッポンギ　ジュウクジイリ　チコクコロス』

俊太郎の師匠、ギタリストの成田《なりた》からだ。最近、ポケベルに文字を送ることを覚え、たいした用事もないくせに頻繁に鳴らしてくる。

『ナンカメシカッテキテ　コロス』

『タバコカッテキテ　コロス』

師匠がこの新しい遊びに飽きてくれるまでの我慢、と耐えてきたが、ライブ終わりに成田を車で自宅に送り届け、高円寺《こうえんじ》のアパートでようやく眠りについた午前二時過ぎにポケベルが鳴り、何事かと飛び起きると、

『オヤスミ　コロス』

その時ばかりはさすがに、もうこの人の弟子は辞めてやろうか、と思った。

「あの」と客に言われ、「すみません」と、慌てて仕事に戻る。

中古レコードの買取りが終わると、接客をしつつ新譜・旧譜の発注、ポップ書きに通販の梱包《こんぽう》、発送……小さい店ながら、一人でまわすとなるとけっこう忙しい。

俊太郎がこの店でアルバイトを始めて、もう十年近くになる。

岡山県の七窓《ななまど》という瀬戸内海の田舎町《いなかまち》で育ち、高校卒業後、一年間地元でアルバイトをしてお金を貯《た》め、十九歳で上京した。家賃三万二千円、築四十七年の高円寺のオンボロアパートに荷物を運び終えると、こらえきれずにすぐに街に繰り出した。

東京の中古レコード屋は、田舎で育ったロック少年にとっては、どの店も宝箱そのものので、高円寺から新宿《しんじゆく》、原宿《はらじゆく》、渋谷《しぶや》、下北沢……次の日も、その次の日も飽きずに朝から晩まで夢中ではしごして、気づいた時には上京資金はほとんどレコードに変わっていた。

やばい。さすがに仕事を探さないと、と焦り始めた頃、イズミレコードでアルバイト募集の掲示を見つけ、その場で問い合わせると社長は笑って、「君どうせ毎日来るんだから、ついでに働いていきなよ」と、採用してくれたのだ。

それから十年近く。社長の泉《いずみ》には、「俊ちゃん、いい加減、社員になって店長やってくれない？」と、ことあるごとに言われ、「お気持ちはありがたいんですけど……」と感謝しつつも断ってきた。「海外に買い付け行く時、一緒に連れてくからさ」という言葉には心が揺れたが、それでも断った。

アルバイトではなく社員になってしまったら、本当にそのまま「レコード屋の店長」になってしまう気がして。

ギタリストになりたい。

小さい頃から引っ込み思案で人前に立つのが苦手だった俊太郎が、そんな夢を抱いたのは、一枚のレコードがきっかけだった。

小学四年生の時、生まれてはじめて、恋をした。相手は隣のクラスの岡田志織《おかだしおり》ちゃん。サラサラの長い髪が綺麗《きれい》で、家は裕福で、いつも花柄のワンピースを着ている子だった。放課後の校庭、野球部の練習で外野を守っていると、吹奏楽部でマーチングバンドの練習をしている志織ちゃんと目が合った。慌てて目をそらし、もう一度見ると、銀色のフルートを吹きながら、彼女も俊太郎の方を見てくる。……これはもしかして。もう一度見ると、やっぱり目が合った。

それからというもの、ご飯を食べていても、お風呂でも、トイレでも、寝る前のベッドでも、フルートを吹く彼女の姿が浮かんでしまう。下駄箱《げたばこ》で、廊下で、昼休みの音楽室で友達にピアノを聴かせる志織ちゃんの姿を見かけるたびに胸がどっどっどっと脈打って、このままだと心臓が爆発して死んじゃうかもしれない、なんてことを本気で心配した。

そんな時に、クラスの吹奏楽部の女子から志織ちゃんの家の噂《うわさ》を聞いた。彼女の家の応接間には立派なオーディオセットがあって、クラシックのレコードを聴かせてくれた、とっても素敵な音色だった、と。

それからしばらく経《た》ったある日曜日、俊太郎は、家族に「野球の練習に行ってくる」と告げて、朝早くに家を出た。

穏やかな瀬戸内の海を朝日が徐々に照らしていくなか、ひたすら自転車のペダルを漕《こ》いだ。まだ夏の手前だったけれど、アカシアやレンゲの花が咲く山道の登り坂を立ち漕ぎで上っていくと、Tシャツにびっしょりと汗をかいた。

途中で道に迷い、二時間近くかかって岡山駅に着いた。駅の案内所で尋ねて、紙に書いてもらった地図を頼りに行ったり来たりしてようやく、一軒のレコード屋を見つけることができた。

何度か店の前をうろうろした後、勇気をふるい起こして店に入ると、店主のヒゲ面のおじさんがチラッと俊太郎を見た。とたんに帰りたくなったけれど、こんなところまで来て、引き返すわけにはいかない、と足を踏ん張った。だって、音楽が好きなあの子の誕生日に、レコードをプレゼントしてあげるって決めたんだ。

おじさんの方を見ないようにして、棚に並んだレコードを注意深く、一枚ずつ見ていく。と、可愛《かわい》らしいケーキの絵柄に手が止まった。そのジャケットには、レコードの絵の上に、同じサイズの丸いケーキの絵が描かれている。ケーキはピンクや緑のクリームや赤いチェリーで飾られ、見るからに女の子が喜びそうだ。音楽のことはさっぱりわからないけれど、こんな可愛いジャケットに入ったレコードには、きっと彼女にぴったりの可愛い音楽が入っているはず。それに、誕生日のプレゼントにもぴったりだ。

レジに持って行き「これくださいっ」とうわずった声を出すと、ヒゲ面のおじさんは、「いいの選んだな」と言って、ニヤッと笑った。貯金箱を壊したお金を支払って店の外に出ると、空がぱあっと明るく感じた。

初めて、好きな子にプレゼントを買った。喜んでくれるかな。笑ってくれるかな。レコードを胸に抱えスキップするような足取りで駅前まで戻ると、また自転車を漕いで家路についた。ペダルは軽かった。

「こんな音楽、全然好きじゃない」

プレゼントを渡した翌日、そのレコードは俊太郎に突き返された。

「それに、マーチングの練習の時、じろじろ見るのやめてくれる？」

志織ちゃんが目の前から去った後も、俊太郎は、自分に何が起こったのかわからず下駄箱の前にただ呆然《ぼうぜん》と立っていた。

野球部の練習を上の空でこなし、その帰り道、まっすぐ家に帰る気になれず、海沿いの石垣の上にしゃがみ込んだ。

突き返されたレコードを袋から取り出してみて、「え？」と驚いた。可愛らしいケーキの絵はぐちゃぐちゃに崩れ、その下に描かれていたレコードの絵は無残に割れてしまっている。なんで？　と混乱したが、ジャケットをひっくり返してみると、なんてことはない、俊太郎が見ていたのは表面だけで、裏面にはそんな不吉な絵が描かれていたのだ。

なんで、こんな変なレコード買っちゃったんだろう。

そう思った途端、悲しさと悔しさと情けなさが一気に押し寄せてきて、レコードを砂浜に投げつけた。そのまま家に帰ろうとすると、

『こんな音楽、全然好きじゃない』

彼女の言葉がよみがえった。こんな音楽……どんな音楽だよ。

家に帰ると、四つ上の姉と母が夕食を食べていた。「ご飯よ」という母親の声を無視

して姉の部屋に行き、レコードプレーヤーのターンテーブルにレコードを置いた。レコードを回すと、ボリュームを最大にして、針を下ろした。

少しの間をおいて、静かに何かの楽器の音がした。

それは、初めて聞くエレキギターの音だった。規則正しいそのリズムに徐々に音が重なって熱を帯びていく。明け方の海を太陽が照らしていくように、静かに、でも、確かに、何かが近づいてくる。どっどっどっど。生まれてはじめての恋とも、生まれてはじめての失恋とも、違う。胸の奥が沸騰《ふっとう》する、力強くて、重たい、何か。

何なんだ、この音楽は？

大音量に驚いた母と姉が飛んできて口々に何か叫んだが、まるで耳に入らなかった。その時は、何も知らなかった。ローリング・ストーンズというバンドのことも、『ギミー・シェルター』という曲名も、キース・リチャーズというギタリストも、それが、ロックという音楽だということも。

けれど、一枚のレコードとの出会いは、俊太郎の人生を、完全に変えてしまった。


「おはようございます！　今日はよろしくお願いします！」

六本木の老舗《しにせ》ライブハウスの扉を思い切り開けると、

「声でけえよ！」

ボーカルのノブさんに笑われる。

「こいつ、玄《げん》さんとこのボーヤ。俊太郎」

初めて会う共演のミュージシャンに紹介してもらい、

「よろしくお願いします!!」

「だから、声でけえって！」

今度は頭をパシン、と叩《たた》かれた。

ノブさんになんと言われようと、「朝でも昼でも夜でもおはようございますと元気よく挨拶！」という教えを忘れると師匠にぶん殴られるので、こればかりはやめられない。

「お疲れさーん、ビールちょうだい」

続いて入ってきた師匠の成田がカウンターで一杯やっている間に、俊太郎は舞台に楽器を運び、先に現場入りしていた弟弟子の赤坂《あかさか》君と、セッティングを始める。

〝ボーヤ〟とは、ミュージシャンに弟子入りし、機材の搬入、搬出、セッティングから、身の回りのことまでを手伝う若者のことだ。上京してすぐにレコード屋めぐりで散財するも、アルバイトの口を見つけ、なんとか生活の基盤を整えた俊太郎が、満を持して向かったのが、成田のもとだった。

成田玄は結成してもう二十年にもなるロックバンドのギタリストだ。コアな音楽ファンに根強い人気のバンドで、高校生の時に広島のライブハウスで初めて成田の演奏を聴いた俊太郎は、「東京に行ったら、この人に弟子入りしよう」と心に決めた。たとえ「ダメだ」「出直してこい」と断られても、何度でも何度でも押しかけて、絶対に弟子にしてもらうんだ、と。

「弟子にしてくださいっ！」

ライブ終わりに出待ちをし、緊張で涙目になりながら頭を下げた十九歳の俊太郎に、当時四十過ぎの成田が返した言葉は、「ダメだ」でも「出直してこい」でも、「明日から来い」でもなく、

「お前んちファミコンある？」

「え？」

あっけにとられた俊太郎が言葉を返せずにいると、

「だから、お前んち、ファミコンある？」

苛立《いらだ》ったように顔を近づけ、ギロリと睨《にら》んできた。

「え……あ……あります！　ファミコン、ありますっ!!」

「よし！　合格！」

そう言うと、成田はニカッと笑った。

任天堂《にんてんどう》から家庭用ゲーム機のファミリーコンピュータが発売されたのが、その数年前。後でわかったことだが、ファミコンにはまりすぎた成田が、奥さんに「ファミコン禁止、さもなくば離婚」と言い渡されたその夜、弟子入りを志願してきたのが俊太郎だった。

それ以来、成田は俊太郎の高円寺のボロアパートに入り浸り、朝方まで「アイスクライマー」や「スパルタンX」をプレイするようになった。ほとんど眠れずにレコード屋のアルバイトに向かう生活は辛《つら》かったけれど、ともかく念願の弟子入りは叶《かな》った。

それから俊太郎は、成田の〝ボーヤ〟として、ライブハウスやレコーディングスタジオ、プロミュージシャンの現場に出入りするようになった。ギターを直接教えてもらえることはほとんどなかったけれど、師匠の演奏や一流のミュージシャンたちの演奏をタダで聴かせてもらえる環境は、夢のようだった。

「とにかく顔と名前覚えてもらえ。なんかおもしれー話しろ。笑ってもらえ。なんでも手伝え。役に立て」

成田の言いつけを守るために必死にやった。師匠やバンドメンバーのタバコの銘柄や飲み物、食べ物の好み、女性のタイプまで覚え、時にはほとんど無いツテを駆使して合コンを手配し、女の子のレベルが低いと説教され、ギターの演奏技術より師匠の車の運転技術を磨き、交通状況を研究して渋滞を回避、師匠をカノジョの家から奥さんの待つ自宅へと最短ルートで送り届けた。

師匠の奥さんやお世話になっているお店のマスターやママに、冷蔵庫や電子レンジが壊れたと連絡をもらえばとにかく駆けつけ、引越しがあると聞けばとにかく駆けつけ、花見がしたいと言われれば前日の晩から場所をとった。

最初は師匠に怒られないように、そんな気持ちで動いていたけれど、知り合いもいない東京で師匠やその周りの大人たちに「俊太郎」「俊ちゃん」と可愛がってもらえることがありがたく、何でもいいから何かお返しがしたかった。音楽に関係のない雑用でも、喜んでもらえればそれで嬉《うれ》しかった。

「丸腰で来るなよ。いつでも自分のギターは持ってこい。いつ何時俺が舞台袖で倒れて、お前にチャンスが回ってくるかわかんねーんだからな。侍が刀忘れたら戦えねーだろ」

そう言われて、自分のギターはいつも車に載せてあったけれど、師匠はいつでもすこぶる元気で、この十年、倒れてくれる気配すらない。むしろ、季節ごとに風邪《かぜ》をひき、インフルエンザをもらい、胃腸をこわすのは俊太郎の方で、「ギターよりまず体鍛《きた》えろ」と、完全にへなちょこ呼ばわりされている。

ギターの腕も、男としても、まだへなちょこだけれど、でも、師匠のもとでこのまま勉強させてもらって、自分もいつか。いつかは――

「俊太郎、お前もう三十だよな」

その日のライブが終わり、常連のお客さんと音楽の話題で盛り上がっていると、師匠が近づいてきて唐突に言った。

「三十だよな」

「いや、まだ二十九ですけど」

「いつだよ、三十になんのは」

「この夏終わったら。九月三日で三十になります」

まさか師匠、お祝いでもしてくれるんですか？　そう続けようとすると、

「じゃあ、三十でボーヤはクビな」

「……はっ⁇　なんで……」

突然のことにうろたえていると、師匠はきっぱりと言い放った。

「三十にもなって、ボーヤもねえだろ。独り立ちするか、そうでもなけりゃ、スパッと諦めてとっとと岡山帰れ。お袋さんに親孝行でもしろ！」

「俺はなんか、師匠の気持ちわかりますけどね」

その日の深夜、師匠を自宅に送った後、弟弟子の赤坂君が飲みに付き合ってくれた。

「まあ、親心ってやつじゃないっすか？」

「親心？」

「いつまでも息子が自立しなかったら、突き放したくもなるでしょ」

まだ大学生の赤坂君は、メンズノンノモデルのような長身の甘いルックスながら、胸の真ん中に突き刺さるど直球を投げてくる。

「俊さん、今、ギタリストとしての仕事、どれだけあるんですか？」

バブルの頃は生演奏の仕事は余るほどあって、駆け出しの俊太郎にもお声がかかったものだったが、今となっては……

「ほとんど、ない」

「俊さん、自分のバンド、どうなってるんすか？」

上京して二年目に結成したロックバンドは、昨年『気づいたらボーカルが普通に就職してた』事件が勃発《ぼっぱつ》。

「今は休止中で……いや、そのうち代わりのボーカル、探そうとは、思ってたんだけど」

「『そのうち』」

冷めた目を向けてくる赤坂君に、俊太郎は言い訳をするように、

「そりゃ、自分でも、もう三十だし、うっすらやばいなと思ってたけど、なんとなく、このままこんな感じで、師匠のところで勉強して、もうちょっとくらいはいけるかって……あ、ボーヤクビならマネージャーってのはどうかな？」

　そんな軽口を打ち切るように、

「俊さん、さっき、お客さんとスティーヴ・ルカサーの話してたでしょ？」

　ＴＯＴＯのギタリスト、スティーヴ・ルカサーは俊太郎憧れのギターヒーローだ。

「そうそう、ルカサー好きで盛り上がっちゃって。カッコいいよね。他にも好きなギタリストはたくさんいるし、それぞれリスペクトのポイントは言えるんだけど、ルカサーだけは手放しで大好きで」

　好きなギタリストやレコードの話になると、つい止まらなくなる。

「スタジオミュージシャンとしても素晴らしいし、歌っても、まあ、歌はギターほどじゃないけど、そこがまたなんとも良いわけで、一生に一度でも、ルカサーと並んで弾けたら、俺もう死んでもいいって」

「それですよ、それ。それが引き金を引いたと思いますけど」

「え？　ルカサーが？」

「じゃなくて。師匠、あの時、夢中でそんな話してる俊さんのことじぃーって見てましたからね」

「……どういうこと？」

「ファンでどうするんだってことですよ。僕もルカサー好きですよ。でも、僕だったら、彼の音楽を聴いて、『カッコいい！』じゃなくて、『このくらいカッコいい音楽を創《つく》る人になりたい！』ってそう思います。僕はそういう覚悟で音楽やってますから」

ど直球。

言い切ると、赤坂君は、俊太郎さんはどうなんですか、とまっすぐな目を向けてくる。

思わず目をそらし、すっかりぬるくなったビールを飲む。

そりゃ、赤坂君みたいに、東京に生まれて、親は医者で金持ちで、三歳からクラシックギターを習ってて、顔もカッコよくて女の子のファンもいっぱいいて、ライブをやれば学生バンドながら毎回ソールドアウトで、そんな二十二歳の赤坂君から見れば、俺なんて、覚悟もクソもないただのロック好きの二十九歳のおっさんで師匠の金魚のフン……だめだ、酔いが回ってきた。

残りのビールを一気に流し込む。だからって、ちょっと言い過ぎじゃないか？　年長者への礼儀ってもんがあるだろ。今日はそれをビシッと言って聞かせ――

「赤坂君」

「なんすか？」

「俺……どうすればいいと思う？」

気づけば、涙声ですがりつくように、赤坂君のシャツを摑《つか》んでいた。

赤坂君は、あくまで冷静に、

「ま。練習するしかないんじゃないっすか？」


高円寺のアパートに帰った時には、深夜三時を回っていた。

レコードをかけ、敷きっぱなしの布団に倒れ込む。ぐわんぐわん回る頭に、ミック・ジャガーの歌声が響く。

小学四年生の時、あのケーキのジャケットのアルバム『Let It Bleed』で、ローリング・ストーンズと出会った。それからしばらく経ったある日、学校から帰ってテレビのチャンネルをカチャカチャ回していると、外国人のバンドの映像が目に飛び込んできた。あのアルバムと同じ歌声。初めて動いているストーンズを見た。

バラードを歌っていた。英語は全然わからなかったけれど、胸にじんときた。うまくいかないこと、哀《かな》しいこと、くやしいこと、全部そのまま包んでくれて、「わかるぜ坊主、俺だっておんなじような気分さ」、そんなふうに慰めてくれているように感じた。

番組が終わってもその歌のことを忘れられず、あの歌をもう一度聴きたい、そう思ってレコード店通いが始まった。お小遣いが貯まると、自転車をひたすら漕いで山を越え、岡山のレコード店に行ってストーンズのアルバムを一枚買うのだ。なかなかその歌には出会えなかったけれど、そうしているうちにいろんな曲に出会った。すっかりロックにのめり込んでいった。

中学生になり、他のロックバンドにも夢中になったりして、修学旅行先の京都のレコードショップでTOTOやヴァン・ヘイレンのレコードを見ていると、ふいにあのバラードが聴こえてきた。店員のお兄さんに駆け寄って「この曲なんですか⁉」と尋ねた。

そんな数年の寄り道を経て、もう一度聴くことができたのが、一九七六年リリースの『Black & Blue』というアルバムに収録された『愚か者の涙』〝Fool to Cry〟だった。フール・トゥ・クライ。そうだよな。泣くなんて、バカだ。でも、バカでも泣きたい気分。

赤坂君の言うことはわかる。師匠の親心も。

見ないふりをしていた現実、十九歳で弟子入りさせてもらって、師匠のおかげですごいミュージシャンたちと過ごして、仲間にでもなったつもりで、そのまま二十九歳になって。

〝玄さんとこのボーヤ〟でなくなったら、俺は。

俺は、二十九歳にもなって、まだ、何者にもなれていない。


眠れないまま、仕事に向かった。日曜日は高田馬場《たかだのばば》のミュージックバーでギタリストとしての数少ない仕事がある。

『ミュージックバー　ミキ』は、フォーク全盛期にママのミキさんが歌声喫茶として始めたお店で、今でも毎週日曜の午後はアマチュアのお客さんが好きな曲を歌うオープンマイクのイベントを開いている。オープンマイクといっても、常連のおじちゃん、おばちゃんが集まるカラオケ大会のようなもので、俊太郎は順番に曲をコールするお客さん相手に、ひたすらギター一本で伴奏をする。曲もジャンルもバラバラ、知らない曲をコールされることも多く、なかなかにスリリングな仕事だ。

「俊ちゃん。『東京ブギウギ』よろしく！」

常連の山田《やまだ》さんがコールすると、お店のママが声をかける。

「本日、山田さん、七十回目のお誕生日です～！」

常連客が口々におめでとう～と、声をかける。俊太郎は、ハッピーバースデーを弾いた後、『東京ブギウギ』のイントロを弾く。山田さんの大胆に音を外した力強い歌声を聴きながら、これもロックだ、捉《とら》えようによってはロックだ、そう自分に言い聞かせて、伴奏に集中する。

もともとは師匠のツテで回してもらった仕事で、伴奏は赤坂君と一週ずつの交代制、始めてもう一年ほどになるらしい。赤坂君が伴奏の日には、ボーカル志望の若い女の子たちで店がぎゅうぎゅうになるらしい。ミニのワンピースを着た若い女の子が店のドアを開け、俊太郎の顔を見るや、げ、という顔をして帰って行った。赤坂君の日と勘違いしたらしい。慣れてはいるが、小さく傷つく。

怒濤《どとう》の三時間を終えると、近くのコンビニで缶コーヒーを買い、十分ほど歩いて戸山《とやま》公園に向かった。この公園は駅からも繁華街からも遠いせいか、いつもひとけがない。公園の中央には箱根山《はこねやま》という山があり、山といっても階段を五十段ほど登れば頂上に着いてしまうちょっとした高台のようなもので、それでも公園の看板によると『標高は東京23区内最高峰の標高44・6ｍ』とあり、田舎の山々に囲まれて育った俊太郎は、この可愛らしい山を見上げるたびに「最高峰」という言葉を思い出してなんだかおかしくなってしまう。

箱根山のてっぺんには小さな展望台とベンチがあり、初めて来た時にそこからぐるりと満開の桜を見渡してのんびりしていたところ、大学生らしきカップルがやってきて三人で微妙な空気になり、そそくさと逃げ出してからは一度も登っていない。それ以来、俊太郎の定位置はふもとのベンチだ。

　ギターを取り出し、オープンマイクでうまく弾けなかった曲を復習する。すぐにやらないと、忘れてしまうから。お客さんがまた同じ曲を持ってきた時に、変わらず下手《へた》な伴奏じゃ申し訳がない。赤坂君みたいにプロ顔負けの演奏とはいかなくても、せめて次回は気持ちよく歌ってほしい。

　ひとり反省会をしていると、近所の都営団地に住むおばあちゃんが散歩に来て、みかんをくれた。隣に座ったおばあちゃんから、サッカーをしているという高校生のお孫さんの話を一通り聞くと、もう夕方になっていた。帰ろうとして腹が鳴り、昨日から何も食べていなかったことに気づく。昨夜の赤坂君の別れ際の言葉を思い出した。

「明日、馬場の仕事ですよね？　バーの裏手にあるカフェのカレー、結構うまいっすよ。俊さん、カレー好きでしょ？」

　赤坂君なりに、励ましてくれたのかもしれない。

　駅の方に戻り、ミュージックバーの脇の細い道を抜けて裏手に出ると、白い壁のこぢんまりとしたカフェがあった。

中を覗《のぞ》くと、「いらっしゃいませ！」と、おだんごヘアの小柄な女の子が微笑《ほほえ》んだ。中に入ると、カウンターが五席、テーブルが三席ほどの小さなお店。奥のテーブル席に通される。

木と白を基調にしたナチュラルな雰囲気の店内には、ボサノヴァが流れていてなんとも落ち着く空間だ。そして、ギターを背負ったロック野郎としては、少々肩身がせまい空間でもある。店の雰囲気をこわさないように、早く食べて退散しよう。

「セットメニューがお得ですよ」

もらったメニューを見てすぐに注文をする。

「あ、じゃ、カレーセットでお願いします」

「ナツさん、カレーセット、ワン、で！」

「はーい」

カウンターの中から、澄んだ声が返ってきた。

その声がなんだか気になって、カウンターに目をやった。

ショートカットのすらりとした女性が、コーヒーを淹れていた。俊太郎の視線に気づいたのか、こちらを見た。一瞬目が合って、思わずそらす。水を飲みながら、つい、また見てしまう。

ナッツさん、と呼ばれたその女性が調理を全て担当しているらしく、オレンジを器用にカットし、サラダを盛り付け、チーズをまぶしたピザをオーブンに入れる。きびきびと無駄のない動きは、見ていてなんとも気持ちが良い。と、また目が合った。あわててそらす。

そうしているうちに、カレーが運ばれてきた。チキンと野菜のカレーだ。さっそく一口。チキンの旨味《うまみ》と野菜の甘さが口いっぱいに広がる。なんだか懐かしくて、ホッとする味だなあ、と、思いきや、その後に複雑なスパイスの香りが鼻先に抜けてくる。なかなかに攻撃的。

「んんー、うまい」

思わず声が漏れると、〝ナッツさん〟がこっちを見た。目が合った。三回目。気まずくて目を伏せ、ともかくスプーンを動かす。付けあわせのサラダに手を出す暇もなく、あっという間にたいらげてしまった。ニンジンをのぞいて。

ニンジンは嫌いだ。特に、大きくゴロッと入っているのが。子供の頃は、七窓神社に初詣に行くたびに、「この世からニンジンが消えてなくなりますように」とお願いしていたくらい嫌いだが、大人になった今となっては、人様が作ってくれたものを残すやつの方が嫌いだ。ニンジンをスプーンにのせ、一気に口にほうりこむと、水で流し込む。

完食。ニンジンはともかく、美味《おい》しかった。これまで食べた中で、一番のカレーだった。

お腹《なか》が満足すると、店に流れるBGMが気になった。ボサノヴァは詳しくないけれど、ついギターの音ばかり耳で追ってしまう。曲が切り替わり、ささやくようにリズムをとる女性の声、続いて男性のカウントの声、ギターのイントロが始まった。女性のボーカルが歌い始める。とても可愛らしい、ポルトガル語の歌声。その歌声に応えるように柔らかな男性の歌声が続いた。二人はまるで親しい友達か恋人同士がじゃれあっておしゃべりするように交互に歌う。女性ボーカルは途中でちょっと笑ってしまう。聴いてるこっちも思わずニンマリしてしまう。なんだかとても素敵だ。

思わず聴き入っていると、もう一人、小さな声が聴こえてきた。カウンターの中で、〝ナッさん〟が、コーヒーを淹れながら鼻歌を歌っている。

つぶやくような、ささやくような、澄んだあたたかい声。コーヒードリッパーに、「の」の字にお湯を注ぎながら、少し微笑んで、たぶんまるで無意識に歌っている。

その鼻歌を聴いた時、なぜか故郷の海が見えた。

太陽を受けてきらきらと輝く凪《な》いだ海。

ひとけのない海水浴場ぞいの長い一本道。

オリーブ畑。六月に咲く白くて小さなオリーブの花。

アカシアとレンゲの咲く山道。自転車のペダル。

夏の真っ青な空。冬の曇り空と銀色の海。

そんな風景が浮かんで、懐かしくて。

カレーのスパイスは、まだ鼻の奥にツンとしみていて。

ああ。いい時間だなぁ。そう思った。

しょうもない毎日だけど。しょうもない俺だけど。寄り道ばっかりで、未来なんてさっぱり見えないけれど。でも、今、この時間だけは、大げさに言えば、なんだか、生きているのをゆるされてる、そんな気がした。

〝ナツさん〟は、目をつぶって、立ちのぼるコーヒーの香りを嗅ぐと、いい匂い、というように微笑んだ。

もう一度、目が合った。

恋をしてしまった。しょうこりもなく。


次の日は、いつもより早めに下北沢のイズミレコードに出勤した。昨日から、ずっと胸のあたりがふわふわしている。師匠からのクビ宣告で、この世の終わりのように絶望していたというのに、自分で自分に呆れる。

恋なんてしてる場合か。そう思いつつも、店の鍵を開けると開店準備もそこそこに、ボサノヴァのコーナーのレコードを探った。

ボサノヴァといえばアントニオ・カルロス・ジョビンくらいしか知らないけれど、あのおしゃべりするような男性ボーカルは、きっとジョビンに違いない。そうアタリをつけてジョビンのレコードを見ていくと、一枚のレコードに手が止まった。『Elis & Tom』。一九七四年のアルバムだ。「トム」はジョビンの愛称で、タイトルから見ても男女が写ったジャケットの写真からも、女性歌手とジョビンが共演したレコードらしい。

店のプレーヤーでかけてみると、一曲目からドンピシャ、一人ガッツポーズをする。あの時、カフェでかかっていた曲だ。曲名は『Águas de Março』、ポルトガル語だから意味はわからないけど、ストーンズの『フール・トゥ・クライ』にたどり着くまで数年かかったことを思えば、俺も成長したもんだ、と自分を褒める。

いやいや、それがどうした。とにかく落ち着け。そうだよ、恋なんてしてる場合か。自分に説教をしながら、店を掃除する。いつだってそうやって、傷ついてきたじゃないか。初恋も、中学も高校も、上京してからも。

目が合った、それだけのレベルで「向こうも好きかも」と一人盛り上がり、告白してはこっぴどく振られる。自分から好きになった女の子とうまくいったためしはなく、付き合った女性は、向こうからガンガン押してくる強気なタイプだけ。ノーと言えないまま付き合っているうちに、それはそれで好きになってしまうのだけれど、向こうは向こうで俊太郎の情けなさや主体性のなさにイライラするようでこれまた振られてしまう。

もういい加減学べよ。美人だし、普通に彼氏いるだろうし。俺なんか。

新しく入荷したレコードを並べながら、思う。でも。でも、もし俺が、いつかいっぱしのギタリストになれたら。そしたら彼女に「今度ライブあるんでよかったら来てください」なんて、チケットの一枚でも渡せるかもしれない。

開店準備が整って店を開けると、気持ちの良い風が吹き込んできた。

「いつか」なんて言ってる場合じゃない。

どうせ、崖っぷちなんだ。今やらないでどうする。

休止中のバンドを再開して、ライブをやる。それで、ナツさんに聴いてもらう。

そうだ。やるんだ。

そう決意をしたら、体じゅうに力がみなぎってくるのを感じた。

「え？　マジで？　ちょっ、ちょっと待って」

久々に電話をかけると、ベースのナカジマは慌てた様子で声をひそめた。後ろで子供

の泣き声が聞こえる。子機を持って移動したらしく、

「いやー、バンド再開するとか言ったらマジでまた嫁にキレられるわ。まだ契約社員だけどさ、やっと真人間になったって喜んでくれてるからさ。うちの、まだ二歳だし」

「もう一回、もう一回だけ頑張ってみないか？　俺、とにかく、本気だから」

「……でも、そもそもボーカルどうすんのよ？」

「とりあえずは……俺が、歌う」

「えー、俊ちゃんが⁉　歌えたっけ？」

コーラスくらいしかやったことはないけれど、

「ブランクあるし、新しく誰か入れるより、今は俺たちのバンド、もう一回固めるのが先だと思うから。新曲も作ってるんだ。ナカジマだって、完全に音楽諦めたわけじゃないだろ？」

ナカジマはしばらく黙った後、

「俊ちゃんがそこまで言うなら、嫁、説得してみるわ」

ありがとう、と電話を切り、ドラムのコージに電話した。

「バンド再開？　え？　俺ら、解散したんじゃなかったっけ？」

「してないって！」

以前出演していたライブハウスに問い合わせると、ちょうど九月のスケジュールにキャンセルが入ったとのことで、ブッキングしてもらえた。ナカジマとコージの説得はまだ継続中でフライング気味だけれど、ボーヤをクビになる九月にライブの予定を入れておきたかった。結局、全部自分の都合で二人には申し訳ないけれど、でもここで遠慮して立ち止まっていたら、二度と先には進めない気がした。

バイトとボーヤの仕事の合間を縫って、ギターの練習をし、新曲を作る。こうなると、時間が足りず自分が恨めしい。曲作りも、練習も、バンドの再開も、いつだってやれたのにやらなかったこれまでの自分が。時間を巻き戻せたら、と何度も思う。

それでも、曲のアイデアは、メロディーも歌詞も不思議なほどたくさん浮かんだ。たぶん、もしナツさんが客席にいたら、そう思って作っていたから。何百人のお客さんを感動させろと言われたら途方に暮れてしまうけれど、たった一人の顔の見える相手に、何かしたい、笑ってほしい、喜んでほしい、そう思うと、得体の知れないパワーが湧いてくる。

動機としては完全に不純だけれど、そもそもライブに来てもらえるかどうかもわからないけど、彼女に楽しんでもらえるようなライブをする、その目標があるだけで前向きになれた。

ナツさんのカフェには、隔週日曜日、通うようになっていた。ミュージックバーの仕事の後、公園でひとり反省会の練習を終えて、みかんをくれるおばあちゃんの孫の話が終わると、ちょうどカフェの夜営業がオープンする時間になる。

十七時過ぎの店内はまだ空《す》いていて、決まって奥の席に案内されてしまうので、カウンターの中にいるナツさんに話しかけるチャンスはなかなかない。それでも、彼女と同じ空間にいて、彼女の作ったカレーを食べて、彼女の淹れてくれたコーヒーを飲んで、あの鼻歌を聴く。それだけで、満たされた気持ちになった。

そういえば、二回目に食べた時には、カレーの中からごろっとしたニンジンが消えていて、もしかして、俺のため？　こないだ、ニンジンを無理やり飲み込んでいたのを覚えていてくれて？　なんて妄想が広がったが、三度目にはそれまで登場しなかったナスとオクラが入っていて、なんだ、その時々で変わるのか、とがっかりした。それでもナツさんのカレーはいつも抜群に美味しく、次の次の日曜日までのエネルギーを充分にチャージできた。

　七月も後半に入り、師匠のライブのセッティングを終えて空き時間に入った牛丼屋で、無意識に鼻歌を歌っていると、隣に座った赤坂君が、

「俊さん、最近、なんか元気っすね」

「そう？　ま、ライブも決まったし、そこに向けて頑張るだけかなって。こないだバンドで久々に合わせたんだけど、みんなであーだこーだ言いながらアレンジしてくのは、やっぱり楽しくて」

「良かったじゃないですか。バンド再開できて」

「あ、そうだ赤坂君、『Águas de Março』って曲知ってる？」

「ああ……さっきから鼻歌で何を歌ってるのかと思ったら。『Waters of March』――三月の水、ジョビンの名曲ですよね」

「三月の水……ってことは、冬の歌なんだ」

「違います。ブラジルは南半球だから三月は夏でしょ。夏の終わりを歌った曲ですよ」

「夏の終わり……ちょっと練習してみたんだけどさ、ボサノヴァのギターって難しいね」

「まあ、なんちゃってじゃなくて、ちゃんとやろうと思ったらリズムもハーモニーもかなり複雑ですからね。って俊さん、どこに向かってるんすか？　ライブに向けて頑張っ

てるんじゃないんですか？」

「いやいや、ボサノヴァも何気に練習になるなって。あくまで練習の一環として……」

焦って話題を変える。

「あ、そうだ、赤坂君のライブって、いつも女の子でいっぱいになるじゃない？　あの中に、その、彼女とかいるの？」

話題はそんなに変わらなかった。できれば、好きな女の子をライブに誘うためのアドバイスが欲しい。

「は？　……いませんよ。俺、そんな時間ないっすから」

赤坂君は大学生といっても、医大生だ。実家は二代続く小児科医院で、お父さんに実家の仕事をきちんと継ぐという条件で、音楽も続けさせてもらっている、と聞く。

「医者とミュージシャンの両立なんて絶対無理だって言ってくる人もたくさんいますけど、俺は医学も、音楽も、両方本気で一生かけて向き合ってくってもう決めたんです。両方中途半端になるとか最高にカッコ悪いですから。時間は貴重だし、女の子とチャラチャラ遊んでる暇なんてないです」

あいかわらず、赤坂君の言葉は胸に突き刺さる。

「だから、俺は、一生大事にしたい、と思えるくらいの人としか、付き合いません。もし、そういう人ができたら……俊さんには、紹介しますよ」

　そう言って照れたように、目をそらした。少しは懐《なつ》いてくれているらしい。

　七月最後の日曜日。高田馬場のミュージックバーでの伴奏を終え、楽器を片付けていると、

「よう」

　いつのまにか、カウンター席に師匠がいた。

「師匠！　なんでいるんですか？」

「なんでって俺が紹介した店だろ。近くに用事があったから寄ったんだよ。お前がちゃんと仕事してるかなと思って」

「いつからいたんですか？」

「最後の五、六曲は聴いた」

　伴奏に集中していて気づかなかった。気づかなくてよかった。師匠が聴いているとわかれば、プレッシャーでミスを連発していたかもしれない。

「んじゃ、俺はオネーチャンとデートだから帰るけど」

　師匠は、肩にぽんと手を置いてきた。

「お前さあ。今日の、よかったわ」

そう言って、帰って行った。

もしかして。初めて、ギターを褒められた？

この十年で、初めて。

ふいに泣きそうになってしまい、グッとこらえる。嬉しくて、もったいなくて、肩に置かれた手の重みをかみしめた。


その日のカフェは、奥様たちの団体客がテーブル席にいて、俊太郎はカウンター席に通された。料理をするナツさんを間近に感じながら、うつむいてひたすらカレーを口に運ぶ。だめだ。こんな距離で緊張しているようじゃ、「来月ライブやるんで、よかったら来てください」なんて、とても言えそうにない。

コーヒーを飲み終えて席を立つと、いつも会計をしてくれるウェイトレスの子がケーキセットを運んでいるところで、ナツさんがレジの前に回ってきた。

「お会計、八百五十円になります」

真正面にナツさんの顔がある。動揺して、小銭を探すふりをして横を向く。中学生か、俺は。と、レジの横に置かれたＣＤプレーヤーの前に重なったＣＤの一番上に、見覚えのあるジャケットを見つけた。

「あ」

と、思わず、声が出る。『Let It Bleed』あのケーキのジャケット、ローリング・ストーンズのアルバムだ。と、

「あ」

横から声がした。ナツさんだ。目が合うと、ナツさんは照れたように微笑んだ。ぎこちなく微笑み、お金を払って店の外に出た。

早足で歩きながら、考える。

あの店のＢＧＭにストーンズ？　いやいや、おかしい。まさか。いつもギターを背負ってくる客、俺。イコール、ロック野郎。イコール、ストーンズ。イコール、もしかして、俺のことが気になってる？？？

いやいや。いやいやいやいや。そんなはずがない。

待て待て。落ち着け。いつだって、こんな都合のいい妄想で失敗してきたじゃないか。

でも。

目が合って、微笑んだナツさんを思い出す。

俺が「あ」。ナツさんが「あ」。一文字ずつだったけれど、ナツさんと初めて話すこと

ができた。……って、やっぱり、中学生か俺は。自分にツッコミを入れつつも、嬉しく、足取り軽く駅までの道を歩いた。

ナツさんに恋をして、なんだかいろんなことが、少しずつ、うまくいきかけているように思えた。

あっという間に八月がやって来て、ライブまで残り一ヶ月を切った。演奏する曲のリストも固まり、下北のスタジオで歌とギターを練習しているとポケベルが鳴った。メッセージを見て、公衆電話に急ぐ。

「もしもし圭子《けいこ》ちゃん？」

受話器の向こうから能天気な声がした。

『俊ちゃん？　やっと話せた、久しぶりー』

「生まれちゃったの？」

『そーだよ、生まれちゃったよ！』

「いつ？」

『一週間前。七月三十一日。予定日よりだいぶ早かったから焦ったけど』

圭子は、俊太郎より二つ年下の幼なじみだ。故郷の七窓で家が隣同士にあり、小さい頃からよく遊んだ。結婚をして今は東京に住んでいて、たまに連絡を取り合っている。

「どっち？」

『女の子。もう、生まれてくる前にお茶しようって言ったのに！』

「ごめん、何度か留守電もらってたのに。忙しくて」

『今もバンドやってるの？』

「うん」

『お盆は？　七窓帰ったりする？』

「いや、今年も無理だな」

『そっか。バンドもいいけど、たまにはおばさんに電話してあげて』

母親に最後に電話したのは、いつだろう。思い出せない。受話器の向こうから赤ん坊の元気な泣き声がした。

『あ、ごめん。じゃ、近いうちに赤ちゃんの顔見に来てよね、じゃあね』

「あ、待って、名前は？」

『葵海《あおい》！　早く会いに来ないと大きくなっちゃうよ』

『あーハイハイごめんね、ママいるよ』と、赤ん坊をあやす声を最後に電話は切れた。

俊ちゃん遊んで遊んで、といつもまとわりついてきたあの小さな圭子が、母親になるとは。時間が経つのは早い。

地元の友達は、ほとんどがもう家庭を持っている。いつからか、自分だけが取り残されているような気がして、里帰りが億劫《おっくう》になった。

一人で暮らす母親は、いつも「あんたの好きにせえ」と言ってくれる。けれど、師匠の言う通り、本当なら田舎に帰って親孝行するような歳なのかもしれない。

でも、まだ。まだもう少しだけは、自分が選んだ道で踏ん張っていたい。


夏も本番になると、全国各地で音楽イベントが開催され、師匠のバンドも忙しくなる。

その日、一九九五年八月十三日。俊太郎は機材車のワゴンを運転して、師匠のバンドが出演する仙台の音楽イベントに来ていた。

機材を運び入れ、主催者やスタッフと本番の進行を何度も確認し、師匠やバンドメンバーにこまめに水やスポーツドリンク、タオルに保冷剤を配る。炎天下、休む暇もなく動きっぱなしだが、それでも、たくさんのバンドとお客さんが集まるイベントには、毎年ワクワクしてしまう。

リハーサルを順調に終えてあとは本番を待つのみ。昼食の弁当を食べていると、スタッフTシャツを着た赤坂君が、

「俊さん、あの。今日、友達が来てるんですけど。普通に客として」

「うん」

「で。あとで、俊さんに紹介してもいいですか？」

「赤坂君の友達を？　俺に？」

話が見えなかったが、赤坂君の気まずそうな顔を見て、思い当たった。

「それって、赤坂君の彼女？　彼女できたんだ、おめでとう！」

その声が聞こえたらしく、周りのオヤジたちがヒューと冷やかす。

「いや、その……とにかく、その時に！」

そう言って席を立つ。かわいいやつめ。

十六時からの出番まで一時間を切った頃、バックステージが騒がしくなった。ロック雑誌のライターと取材がてら会場の外に昼食を食べに出かけた師匠が帰ってこないのだ。師匠の携帯電話にかけてもつながらず、留守電を残しても折り返しがない。ライターにかけても同じだ。バンドメンバーもさすがに焦り出し、ボーカルのノブさんから、

「玄ちゃんのことだから、どっかに寄り道して渋滞にでも巻き込まれてんのかもしれねえけど。俊太郎、なんか思い当たるところないのか？」

そう聞かれても、旅行ガイドで牡蠣《かき》小屋の情報を見つけて、目を輝かせていた姿しか

思い浮かばない。もしや交通事故にでも遭《あ》ったのかと、周囲に重いムードが立ち込める。

連絡が取れないまま、とうとう本番まで三十分を切ったその時、俊太郎のポケベルが鳴った。そこにいた全員が俊太郎に注目する。ポケットからつかみ出して、画面を見ると、

『カキ　アタル』

「…………。ええと」

「どうした?」

「あの」

いたたまれず、画面をそのままノブさんたちに見せた。

「って、言ってます……」

全員で沈黙すること、数秒。

次の瞬間、レコード会社の社員さんが駆け込んできた。同行のライターからようやく連絡があったと。二人とも会場に戻る途中に具合が悪くなり、駆け込んだ個人医院から救急搬送された、食中毒のようだ、と。

「……ったく!」

ノブさんが怒鳴った。

「『Rの付かない月に牡蠣を食べるな』っつう言葉を知らねえのかっ！」

　ともかく命に関わる事故じゃないようで良かった、そう思ってホッとした反面、胸がざわついてくる。本番まであと三十分。どうなるんだ？　ノブさんと、バンドのメンバーが言葉を交わす。

「どうする？」

「まあ、もう玄ちゃんは諦めるしかねえだろ」

　もしかして……

「じゃ、ギターどうするよ？」

「ノブさん一人で乗り切る？」

「いや、そりゃきついわ」

「それじゃ――」

　まさか……息が止まりそうになりながら次の言葉を待っていると、

「僕、いけます」

　その時、赤坂君が、手を挙げた。

「全部、弾けます。どの曲も、ソロ取れます。僕に弾かせてください」

　何のためらいもなく、そう言った。

周囲の皆が、ホッとした顔をする。皆、赤坂君の実力は知っている。

ああ。そうだよな。そうなるよな。……せめて、最高のサポートをしよう。

俊太郎が準備をしようと動き出した瞬間、

「待て」

口を開いたのは、ノブさんだった。赤坂君に、

「お前には、これからいくらでもチャンスがあるだろ。今日はこいつに出番をやってくれ」

そう言って、俊太郎を見た。

「この十年、こいつなりに不器用でも頑張ってきたんだ。俊太郎、準備はできてるよな？」

「……はい！」

気づけば、腹の底から声を出していた。

バンドの名前がコールされ、ノブさんたちが舞台に上がっていく。赤坂君がダッシュで車から取ってきてくれたギターを舞台袖で強く握りしめる。

盛り上がるお客たちに向かって、ノブさんが、

「えー、なんか一人足りねえなって思ってる人もいるかと思いますが、ギターの玄ちゃんが、本日残念ながら、牡蠣にあたって運ばれました」

お客たちから笑い声と、えーっと言う声があがる。

「いや、マジ、これ本当なの。ってことで、スペシャルゲスト！　ギター、長谷川俊太郎っ!!」

舞台に出る。照明が眩《まぶ》しい。

準備は、できてる。できてる、はずだ。

ノブさんの隣に立ち、前を向くと、満員のお客たちの顔が目に入った。

足がすくんだ。

ドラムのカウントで、曲が始まる。

そこからのことは、ほとんど記憶にない。

演奏はボロボロだった。ミスをして、それを挽回《ばんかい》しようと焦って、更にミスを繰り返した。手は汗でびっしょりで、周りの音を聴かなきゃ、そう思っても、ギターの指板《しばん》と自分の足元しか見えなかった。

ギターソロになった時は、もうパニックだった。弾きたくない。でも弾くしかない。

今、どこだ？　どこをやっている？　ベースも、ドラムも、何も聞こえない。

ノブさんが叫んだ。何度も叫んでいることに、ようやく気づいた。

その口は、『弾くな』と言っていた。

俊太郎が弾くのをやめると、ノブさんは何事もなかったように、ギターソロを引き継いだ。観客が盛り上がっていく。舞台に突っ立って、そんな様子をただ見ていることしかできなかった。びっしょりとかいた汗はつめたくて、背負ったギターは信じられないくらい、重たかった。


最初の二曲が終わると、ノブさんは、もう一度俊太郎の名前を紹介し、俊太郎にうなずいた。それを合図にお辞儀をし、逃げるように舞台袖に帰った。そのままライブは何事もなかったように進行した。師匠のパートはノブさんがこなし、観客は大いに盛り上がった。バックステージで、赤坂君は何も言葉をかけてこなかった。

一時間半のライブが終わり、次のバンドの演奏が始まった。片付けをしているとノブさんが乱暴に背中を叩き、「お疲れ！」と言った。そんな気遣いからも逃げ出したくて足早に車へ機材を運んでいくと、目の前に見覚えのある人が現れた。

どうして。なんでここに。

ナツさんは、どこか申し訳なさそうに、こっちを見ている。

ステージでの姿を、見ていたのだろう。

「あの、俊さん」

赤坂君が声をかけてきた。

「俊さん。彼女、僕の――」

そう言われて、やっと気づく。

「ああ……」

そうか。

あのカフェのカレーが美味しいと教えてくれたのは、赤坂君だった。

店のBGMに似つかわしくないストーンズのCDがあったのは。赤坂君が紹介したい人がいると言っていたのは……

目の前に並んだ二人は、いかにもお似合いだった。

そうか。そういうことか。

そうだよな。そうなるよな。

「どうも」と、頭を下げて、ナツさんの横を通り過ぎた。

赤坂君もナツさんも、何も言わなかった。

しばらく入院となった師匠を仙台に残して、東京に戻った。

その夜、イズミレコードで、たまった仕事を片付けていると、店の電話が鳴った。

『家かけたらいないからさ。こっちかなと思って』

ベースのナカジマからだった。

「どうした？」

『俺さ……俊ちゃんともう一回バンドやるってこと、実は嫁に話してなくて。それで、今日、やっと話して……そしたら、キレられた。想像以上に。んで、泣かれた』

「……うん」

『コージとも、さっき話したんだけど。あいつも親の店継いでいろいろ忙しい時で……俊ちゃん、すごいやる気あるみたいだったから言えなかったけど。ずるずる引き延ばすのも良くないなって』

「うん」

『俺たちさ――』

「もう、潮時だよな」

自然と言葉が出た。

「俺も、もう、いっかな、って、そう思ってたとこだから」

ナカジマは少し黙って、そっか。まあ、また飲もうよ。そう言って、電話は切れた。

受話器を置いて、仕事に戻る。社長が海外で仕入れたレコードが届いていた。梱包を解き、中身を確認していく。ストーンズにビートルズ、レッド・ツェッペリン、ディープ・パープル……ロックを好きになった少年時代から、夢中で手に取ってきたレコードたちを一枚一枚、見つめた。

ストーンズの『Black & Blue』のジャケットが目に入った時、ついに、涙がこぼれた。

フール・トゥ・クライ。

泣くなんて、バカだ。

泣くなんて、大バカ野郎だ。

今まで、俺は、何をやってきた？　この十年間、何をやってきた？

いつだって、都合のいい夢ばっかり膨らんで。現実はまるでダメで。

ギタリストになりたい？　三十歳にもなるくせに、いつまでもバカな夢みてんじゃねえよ。

ロックがどうした。ストーンズがどうした。ギターがどうした。お前には関係ねえんだよ。凡人が、夢なんて見てんじゃねえ。

涙は、いったん流れ出すと、もう止まらなかった。

どれだけそうしていたか、分からない。

今日はもう家に帰ろうと、レコードを箱に戻しかけると、ダンボールの底に、何も書かれていない白いレコードジャケットが入っていることに気づいた。古いものらしく、色あせている。中を見てみると、ラベルも何も貼られていないレコードが入っていた。社長が書いたリストにも載っていない。どこかから紛れ込んだらしい。

店のプレーヤーのターンテーブルにレコードをのせて針を下ろそうとした瞬間、カメラのフラッシュを焚《た》かれたように目の前に強烈な光が走った。

そのあとに見えたのは、映像の断片。

仙台のライブ会場のステージから見た観客席、高田馬場のカフェのカレー、レコード店に並ぶレコード、初めて上京した時の東京駅の人混み、岡山の楽器屋で見つめた中古ギター、銀色のフルート、お宮参りの着物を着た母親、祖母に抱かれて見上げた七窓神社の空……そんな映像が一気に頭の中をかけめぐり、手元が狂った。針はレコードのだいぶ内側に落ち、プツッという音がして、目の前が真っ暗になった。

「俊ちゃん。『東京ブギウギ』よろしく！」

そこは、高田馬場のミュージックバーだった。いつのまにか、ギターを抱えている。

え？　何だ？　どういうことだ？

お店のママが声をかける。

「本日、山田さん、七十回目のお誕生日です～！」

常連客が口々におめでとう～と、声をあげる。

何で？　俺はどうしてここにいる？

「俊ちゃん。『東京ブギウギ』よろしくってば！」

「その前に、ハッピーバースデー弾いてあげて！」

山田さんの誕生日は、二ヶ月も前にやったじゃないか。

店の日めくりカレンダーを見ると、六月十八日、日曜日。

え？　六月？

ポケットベルを取り出す。そこには『1995/06/18 SUN』と表示されていた。

その時、はじめて、時間が、巻き戻った。

三月の水

えっと。

えっと、えっと、えっと。

とにかく。とにかく、今俺がするべきことは……

「俊ちゃん、『東京ブギウギ』！」

「俊ちゃん、ハッピーバースデー！」

そうそう、ギターだ。俊太郎は、ハッピーバースデーを弾いた後、『東京ブギウギ』のイントロを弾く。山田さんが大胆に音を外して歌い始める。

俊太郎は伴奏をしながら考える。いやいや、伴奏してる場合じゃないって！　なんで六月？　日めくりカレンダーがめくられてない？　ポケベルが壊れている？　山田さんの誕生日は年に二回ある？

今日は八月十三日、仙台でライブがあった日で、そもそも俺はさっきまで下北のイズミレコードにいて、ひとりむなしく男泣きして、そのあとレコードをかけて……そうだ、あのレコードをかけて、目の前が真っ暗になって、気づいたらここにいた。

もしかして、頭でも打って気を失って、その間にここに運ばれて……ドッキリ？

……だれが？　なんの得があって？

突然、店のドアが開いた。ミニのワンピースを着た若い女の子が俊太郎の顔を見るや、げ、という顔をして帰って行く。

同じだ。あの時と。全く。

『東京ブギウギ』の演奏を終えると、俊太郎はたまらず声をあげた。

「すみませんっ、今日って何日ですか？」

ママは不思議そうに、

「六月十八日よ。日曜日」

「そんなわけ、ないと思うんですけど」

「俺の誕生日なんだから間違いねえよ。ろーじん、いっぱい、の日なんつって！」

山田さんと、おじちゃんおばちゃんたちが笑う。

「そんなわけ、ないと思うんですけど……」

最後は消えそうな声で言うと、ママが不思議そうな顔をしてテレビをつけた。お昼の競馬番組の司会者のテーブルの前には、小道具のブロック型のカレンダーが置かれていて、確かに『6』『月』『1』『8』『日』と、並んでいた。


　三時間の伴奏を終えて、戸山公園にたどり着く。ここに来るまでに、見知らぬ数人に、「今日は何日ですか」と尋ねた。返ってきた答えは同じだった。

　箱根山のふもとのベンチに座り、ミュージックバーでの三時間を振り返る。何から何まで、同じだ。お客さんの歌のラインナップも。赤坂君目当ての女の子が来て帰るタイミングも。同じだ、以前の六月十八日と。

　いや、一つだけ違ったことがあった。俊太郎の伴奏だ。あの日、弾けなかった曲を仕事の後にこの公園で復習した。だから今日は、別の理由で混乱はしていたけれど、伴奏を間違うことはなかった。ということは……やっぱり、自分は、この六月十八日を、もう一度、繰り返していることになる。つまりは……俺は、八月十三日から、時間をさかのぼって、戻って来た？

　そんなバカなことがあるか？

　あるわけがない。そう思いつつ、何の答えも出せないまま、ただベンチに座る。……で、このあと、この日は、どうしたんだっけ？

「あ」

思い出した。六月十八日の日曜日は、ナツさんと初めて会った日だ。

夜営業のスタートより前にカフェに着いてしまった。店の前をうろうろしていると、おだんごヘアのウェイトレスの子が見かねた様子で、「もうすぐオープンなんで、どうぞ」と、中に入れてくれた。

カウンターの中では、ナツさんが野菜を切っている。目が合うと、

「いらっしゃいませ」

と、普通の挨拶。普通のお客にするような。今日、仙台の音楽イベントで会ったような気まずさは、全くない。

「セットメニューがお得ですよ」

「カレーセットでお願いします」

運ばれてきたカレーには、大きめのニンジンがごろりと入っていた。あの日のカレーだ。ニンジンを残して食べ終えると、最後にニンジンを一気に飲み込み、水で流し込んだ。

食後のコーヒーを飲むと、すぐに代金を払い、店を出た。

そのまま、イズミレコードに向かう。

とにかく、あのレコードが原因だ。あのレコードをかけたら、時間が過去に戻った。

あのレコードを調べれば、何かがわかるはず。

店内には、アルバイトの大学生と、社長の泉がいた。

「あれ？　俊ちゃん、今日シフト入ってたっけ？」

「いえ、ちょっと用事が……」

と、レコードプレーヤーの前まで来て、気づく。あのレコードがない。

……当たり前だ。だって、あのレコードは、これからアメリカとヨーロッパに買い付けに行く泉が、八月の頭に送ってくるレコードの中に混じっていたものだからだ。

「俊ちゃん、僕、七、八月はいないから、お店よろしくね」

「はい……」


高円寺のアパートに帰り、考える。とにかくしばらくは、この時間をもう一度、過ごしていくしかないらしい。

一回目は、今日、ナツさんに出会って恋をして、自分のバンドでライブをする決意をした。でも、ナカジマたちの思いを知ってしまった以上、同じようにライブに向けて頑張ろうなんて、とても思えない。そして、このまま進めば、昨日の、いや、八月十三日のライブをもう一度、繰り返すことになる。あんな想いは一度だけでたくさんだ。

……いや、待てよ。

今日のミュージックバーでの伴奏はうまくいったじゃないか。なぜかって、前に一度、練習していたから。つまり……二回目なら、失敗を回避できるんじゃないか？

むしろ……これは、チャンスなのかもしれない。

八月十三日、師匠のピンチヒッターが回ってくる。その日までに、二ヶ月近くある。今から死ぬ気で練習すれば、もしかしたら。

これは、神様が俺を憐《あわ》れんでもう一度だけくれた、敗者復活戦なのかもしれない。

そうだとしたら……やるしかない。失うものなんて、もう何もないんだから。

それからは練習の日々だった。あの日の曲目リストは覚えてる。どの曲も完璧に弾けるようになるまで、ひたすら練習だ。

そんな気持ちでいると師匠の演奏を聴いているときも、一音も聴きもらすものかという姿勢になる。前に聴いたはずのライブが、まるで違って聴こえた。

頭の中がギターでいっぱいだった中学生の頃に戻ったようだった。中一の時、お年玉を貯めたお小遣いで初めて中古のギターを買って、大好きな曲のワンフレーズがなんとか弾けただけで嬉しくてたまらなくて、学校から走って帰っては練習して、気づけば抱えたまま眠っていた。あの頃のように、ただただ夢中でギターを練習した。

ミュージックバーの伴奏の仕事は続けていたけれど、ナツさんのカフェには立ち寄れなかった。あのカレーを食べられないのは残念だったけれど、ナツさんと赤坂君の関係を知った以上、ナツさんの顔を見るのは辛い。

でも二人は、いつから付き合うようになったんだろう？　赤坂君が、牛丼屋で「彼女はいない」とはっきり言っていたのは、一回目の七月下旬、ちょうど今ごろだった。いつだってストレートで嘘はつけない赤坂君のことだから、きっと本当なのだろう。そして、「俊さんに紹介したい人がいる」そう言ってナツさんを仙台のライブに連れてきたのが、八月十三日。今からあのライブまでの間に、赤坂君が告白したのか、されたのか、二人の想いが成就したということになる。

考えても仕方がない、そもそも俺には関係ないことだ、そう自分に言い聞かせてギターの練習に戻ろうとすると、家の電話が鳴った。受話器を取ると、幼なじみの圭子の声がした。

『俊ちゃん？』

「ああ。いつもすれ違いでごめん。最近は家で練習してるから」

『いつもすれ違い？ 今日、久々にかけたんだけど』

そうだ。それは一回目のことだった。

『練習ってギター？ まだバンドやってるの』

「バンドは……休んでるけど、まだ、やってるよ」

『ふーん。ね、赤ちゃん生まれちゃう前に会えない？　ちょっと話したいこともあるんだ』

「いいよ。こないだは申し訳なかったし――じゃ、なくて、いつにする？」

『どうせなら俊ちゃんのライブとか聴きたいんだけど』

「今は、素人のお客さんの伴奏くらいしかやってないよ」

『なにそれ、面白そう。それ行く！　いつ？』

「次は七月三十日。日曜日」

圭子と約束をして電話を切った。ひとつ大事なことを忘れていることには、全く気づいていなかった。

七月三十日、ミュージックバーの伴奏が半分を過ぎた頃、圭子がやってきた。お腹の大きい圭子をママや山田さんやみんなが気遣ってくれた。

「おお、俊ちゃんも、とうとう、父ちゃんになるのか」

「俺の子じゃないですよ」

圭子は皆の歌を楽しそうに聴いていた。最後は全員で『こんにちは赤ちゃん』の大合唱になった。人懐っこい性格の圭子は、常連のお客たちとすっかり仲良くなって、オープンマイクが終わった後も子育てのアドバイスなどをもらい、おしゃべりをしているうちに夕方になった。


外の道を歩きながら、圭子はお腹をさすって、

「あ〜楽しかった。久々に外出てよかった。この子も喜んでたよ」

「本当？」

「俊ちゃんのギターに反応して体動かしてた。ちょっとは上手《うま》くなったんじゃない？」

圭子にもお腹の子にも楽しんでもらえたなら、嬉しい。

「あ、ここ美味しそう、ここでちょっとお茶しようよ」

「え」

ウェイトレスの子が奥の席に案内してくれて、圭子にブランケットを持ってきてくれた。

引っ張られていく。そこは、ナツさんのお店だ。

「行こっ！」


ナツさんをちらっと見ると、少し驚いたように俊太郎たちを見ていた。

そういえば、この日、レジの横にストーンズの『Let It Bleed』のＣＤがあり、初めて一言だけナツさんと会話を交わしたんだった。俺のことが気になってるのかも？　なんて舞い上がっていたあの頃の自分が恨めしい。『Let It Bleed』はストーンズの有名アルバムだから、赤坂君が「おすすめだよ」とかなんとか言って貸したんだろう。俺は相変わらずバカだ。

ため息をついているうちに、圭子はケーキセットを頼み、

「あのね、俊ちゃん、話があるって言ったでしょ？」

「うん」

「こないだ七窓に帰った時にね、俊ちゃんのおばさんに聞いたの。お店のこと」

お店、というのは、昔、俊太郎が住んでいた実家のことだ。圭子の家の隣で、海水浴場ぞいにあった。父親は俊太郎が小学校に上がる前に亡くなっていて、それからは母と

姉と三人で暮らしてきた。

姉が京都の大学に進学してそのまま結婚し、俊太郎も上京すると、母が一人で暮らしていたが、その家を改装して海の家として営業したいという地元の人がいて、母も一人では広すぎるから、と、自分はアパートに移り、今はテナントとして貸し出している。

「そのお店やってた人たちが、ペンションを始めるから出て行っちゃうみたいで。だからお店が空いちゃうんだって」

「そうなのか、全然知らなかった」

「それで、おばさん、『俊ちゃんが帰ってきてくれたらいいんだけどね』って言ってた」

「俺にはそんなこと」

「息子には直接言わないよ。おばさん、強がりだし。でもさ。安心すると思うよ、俊ちゃんが帰ってきて、お店やってくれたら」

「……俺も俺で、こっちでいろいろ、あるんだよ」

「いろいろって？」

そう聞かれると、特には思い当たらないのが情けない。

「今日みたいな歌の会だって、別に地元でもできるでしょ？　俊ちゃんこのままやっても絶対メジャーデビューとかしなさそうだし、東京にいるのが正解だとは思わないけど」


なんで俺はこう、誰にでも遠慮なくものを言われるのか。

「ま……いろいろ終わったら、考えてみるよ」

「また、いろいろ、だ」

圭子は口をとがらせて背もたれに寄りかかった。とにかく、母親に電話してみよう。素直にそう思った。

「チーズケーキセットです」

と、ウェイトレスの子が運んでくる。

「うわぁ、おいしそー」

「ハーブティはカフェイン入っていないので安心してくださいね」

「ありがとう」

「予定日いつなんですか?」

「まだもうちょっと先なの」

そう答える圭子を見ていて、何か、胸がざわついた。何か、重要なことを忘れているような。……一度目の時、圭子は電話でなんて言ってた?

『生まれちゃったよー』

『いつ？』

『一週間前。七月三十一日。予定日よりだいぶ早かったから焦ったけど』

思わず立ち上がる。

「圭子ちゃんっ、すぐに帰ったほうが――」

言い終わらないうちに、目の前で圭子がお腹を押さえる。

「痛っ、イッターい、どうしよ、イタタタ」

「え、ど、どうしよ、ど、どうすればいい？」

「痛い、これ、本当に、やばい、陣痛来たかも、どうしよ」

「ど、どうしよ、どうすればいい？　ど、ど」

哀しいほどに役に立たないでいると、

「大丈夫ですか？」

ナツさんが飛んできた。

「じ、陣痛かもって言ってます、ど、ど、どうしましょう？」

「病院は？　どこにかかってるんですか？」

「知りませんっ」

「知らない？」

「圭子ちゃん、病院は？」

圭子はお腹を押さえて、顔をゆがめている。

「ど、ど、どうしたらいいんですか？」

すがるようにナツさんに聞くと、

「お父さんなんだからもう少し、しっかりしてください！」

怒鳴られた。

「おおお、俺の子じゃないです!!」

自分が発したその一言に、店内の空気が凍ったのを感じた。

今まさに俺は……はたから見たら、彼女を孕《はら》ませておきながらこの期に及んで責任逃れをしているヒモミュージシャン……

「だから、俺はっ、そうじゃなくてっ、違くてっ」

「もういいから！」

ナツさんは遮《さえぎ》ると、圭子の背中に優しく手を置き、

「すぐに救急車呼びますね」

救急車はすぐに来て、圭子はかかりつけの大学病院に運ばれた。ナツは病院まで付き

添ってくれて、俊太郎が礼を言うと、頭を下げて帰って行った。

すぐに圭子の夫が駆けつけ、夜になると、義理の母や親戚たちも集まってきた。時計は零時を回ったけれど、俊太郎は心配で帰るに帰れず、一人離れた待合室に座っていた。

「あの」

声がして、見ると、ナツさんが隣に立っていた。

「あ……」

「これ、お店終わって掃除をしていたら、床に落ちてて。もしかしたらって」

差し出したのは、圭子のピンクのポケベルだ。

「ああ、わざわざすみません、きっとそうです。渡しておきます」

「すみません、すぐに気づかなくて。……どうですか？」

「さっき分娩《ぶんべん》室に入ったみたいです」

すると、ナツさんは、俊太郎の横に腰を下ろした。

「私も、いいですか？　なんだか、気になっちゃって」

「あ、大丈夫だと思います。僕もずっと親戚のふりしてますから」

そう言うと、ナツさんはちょっと笑って、

「さっきはすみませんでした。私てっきり……」

「いや、僕も焦ってたんで、なんか余計誤解を生む感じになっちゃって。でも……正直、怖かったです」

「え」

目が合って、それから二人で笑った。

それから、ナツさんといろんな話をした。

お互いの出身地のこと、今の仕事のこと、好きな音楽のこと。

昼間の事件があったおかげか、不思議と緊張せずに話せた。

ナツさんは、今二十四歳で、青森の出身で、高校卒業と同時に東京に出てきたという。調理師学校に通いながら今のカフェでアルバイトをして、お店を任されるようになった、と。

「いつか、自分のお店が持てたらいいなって」

「青森で？」

「どうして？」

「いや……俺が田舎の人間だからかもしれないけど。自分のお店っていうと、なんか地元なのかなって、勝手に」

圭子から、実家の店の話を聞いていたせいかもしれない。

「そうかもしれない。東京は、何年いても、なんだか、自分の街じゃない気がする」

そう言ったナツさんの横顔は、ちょっとだけ寂しそうに見えた。

少し沈黙が続いた後、ふいにナツさんが言った。

「知ってます？　赤ちゃんって、最初にラの音で泣くんだって」

「え？　ラっていうとAの音？」

「うん。どの国の赤ちゃんも」

「本当に？」

「本当に」

「いや、それは都市伝説並みに疑わしいな」

「だって中学の時、合唱部の先生が言ってたもん」

「いやいや、聞いたことない」

そんなことを言い合っていると、分娩室から赤ちゃんの泣き声が聞こえてきた。


早朝の街をナツさんと缶コーヒーを飲みながら並んで歩く。

一回目は、「あ」の一言しか話せなかったというのに、とても不思議だ。もしかしたら人生っていうのは、ほんのちょっとのかけ違いで、全く違うものになるのかもしれない。

初恋のあの時、岡山のレコード屋でケーキのジャケットのレコードを選ばなければ、ギタリストを目指すことも、東京に出てくることもなかっただろう。

師匠にクビを宣告されたあの夜、赤坂君がミュージックバーの裏手にあるカフェのカレーのことを教えてくれなかったら、ナツさんに恋をすることもなかっただろう。

そんなことを考えると、確かなものなんて何一つないんじゃないかと思えてくる。裏を返せば、ナツさんが赤坂君じゃなくて、俺を好きになる可能性だって、ゼロじゃないはず。……なんて、また、都合のいい妄想、か。

「じゃ、私、地下鉄なんで」

「じゃ」

名残惜しいけれど、ナツさんに手を挙げる。これでオシマイ、なんだろうな。

と、去りかけたナツさんが足を止めて、

「あ」

「え？」

「ギター、うちの店に忘れてますよ。病院に持っていくのもどうかと思ったんで」

すっかり忘れていた。

「今日、取りに行きます」

「月曜は定休日なんです」

「じゃあ、明日、取りに行きます」

「じゃあ、明日」

ナツさんは笑って手を振ると、地下鉄の駅に降りていった。


次の日。十一時半のオープン十分前にはカフェの前に着いてしまい、店を開けたナツさんに「早っ」と笑われた。カウンターに案内される。

「カレーセット」

「食べていくんだ」

と、笑う。なぜか、何をしても笑われる。

出されたカレーには、やっぱりニンジンは入っていない。

「ナツさんのカレーはいつも美味しいけど、いつもちょっと違いますね」

「いつも？」

そうか。繰り返してから、食べるのは二回目だった。

「こないだ一度来たんです。それから今日で二回目。前の時はニンジンがごろっと入っていて、今日は入ってないい」

「ニンジン、入ってる方がいいですか？」

「いや……正直、苦手なんで」

「どうして？」

「ウサギの味がするから」

小学校の飼育小屋のあのなんとも言えないにおいを思い出す、ということが言いたかったのだけれど、

「ウサギの味？」

ナツさんは大きな口を開けて、ははっと笑った。

「カレーはね、毎日実験してるの。完成しないほうが楽しいでしょ。少しずつ少しずつおいしくなって、一番おいしいのは最後に作るカレー」

おばあちゃんになったナツさんが最後に作るカレーを食べてみたい。そんなことを考えていると、店のドアが開いた。

赤坂君は、一瞬固まり、

「俊さん？　何やってるんですか？」

「ああ、日曜にギター忘れちゃって」

「はあ？　そんなでかいもの、忘れます？」

赤坂君は呆れたように言うと、ナッツさんに「カレー」と慣れた様子で言った。

「はーい」

ナッツさんがご飯をよそう。隣に座った赤坂君と沈黙する。

なんだ、この気まずさは。

後輩の彼女にちょっかいをかけてるところを見つかったような。いや、実際そうなんだけれど。あれ、でもナッツさんは俺と赤坂君が知り合いであることを、不思議に思っていないみたいだ。

「実は、赤坂君がこのお店のカレーが美味しいって教えてくれて」

「そうだったんだ。わざわざ紹介してくれて、ありがと」

と、ナッツさんが赤坂君に言った。

……二人は、もう、そういう感じなんだろうか。

「あの、二人は、いつから？」

聞いてしまった。

「半年くらい前ですかね」

赤坂君が、さらりと言う。続いてナッツさんが、

「赤坂君がお店に来るようになって、話をするようになって」

なんだよ。彼女はいないって、あの時のあれは嘘だったのか。

「じゃあ、俺はこのへんで……」

「え？　俊さん、もう行くんですか？」

もうここには、いたくない。

「あそうだ、俊さん、仙台のイベント、来てくれるって言ってるんで」

「そう、赤坂君が誘ってくれて、なんか楽しそうだなって」

大事なことを思い出す。そう、俺にはやらなきゃいけないことがあるんだ。

「時間があったら、一緒に会場回りましょうよ」

そんなお遊びは二人でやってくれ。俺はそれどころじゃないんだ。

「ごちそうさま！」

ギターを背負うと、慌てて店を出た。


「『稽古つけてくれ』だ？」

自宅を訪ねて頭を下げると、師匠はあからさまに不機嫌な顔を見せた。弟子になった最初の頃、「音楽なんて教わるもんじゃない、聴いて盗め」と言われて、素直にそういうものだと思っていた。ストレートに、教えてください、と頭を下げたことなんてなかった。

「俺にギター、教えてくださいっ」

思い切り頭を下げると、パシーンと叩かれた。

「来るのが十年、おせえんだよ！　赤坂は今でも毎週のように来るぞ」

「え？」

「え？　じゃねーよ。あいつ、本当しつけえからな。疑問や課題が見つかりゃすぐ押しかけてくるし、うるせーって追い返してもめげねえし。最初に俺のとこ来た時から、なんにも変わらねー」

赤坂君が最初に師匠の前に現れた日のことは、よく覚えている。ライブの終わり、まだあどけない顔をした中学生の少年が、「弟子にしてください」と頭を下げた。赤坂君がギターを背負っているのを見ると、師匠は面白がって、

「でもなあ。俺もう弟子がいるんだよ。全然使えねーやつなんだけど。だから、このお兄ちゃん、倒したらな、代わりに弟子にしてやるっ」

その場で、赤坂君とデュオでブルースをやらされることになった。

「負けんな俊太郎〜」

「やっちまえ、中坊！」

冷やかしていた大人たちは、赤坂君がイントロを弾き始めただけで、おとなしくなった。物怖《ものお》じせずに、先にソロをとる。堂々とした歌心いっぱいのソロ。フレーズが幾重にも展開して、熱を帯びていく。そこにいた皆が驚いて赤坂君を見つめ、少年のように目を輝かせ、演奏がクライマックスに達した時には、全員がイエー！　と声をあげた。

すげえ！　やるじゃん、あの中坊！　そのあとに続いた俊太郎のソロなど、もはや誰も聴いていなかった。演奏が終わると、師匠は赤坂君に歩み寄り、そして、頭を下げた。

「弟子にしてください」

師匠は、約束を破って赤坂君の弟子入りを頑《かたく》なに拒否した。

「玄ちゃん、約束したんだからさ」

と、周りが取りなすも、

「今すでにパーフェクトだよ。もう教えることなんてないよ。やだよ、俺よりうまい弟子なんて」

駄々をこねる師匠に、赤坂君は、

「技術だけではダメだと思うんで、表現の幅を広げたいんです」

まっすぐに言い放ち、その場にいた大人たち全員をポカーンとさせた。

その後も、師匠の大人げない「こちらこそ弟子にしてください」攻撃はしつこく続いたけれど、赤坂君もめげずに食らいついて、今に至っている。

「あいつはすげえよ。ほんと勉強してる。あいつはすげえ。マジですげえ」

赤坂君のことを話す師匠は、悔しそうで、でも、すごく嬉しそうだ。

「俺、どうしたらいいっすか」

師匠は、あれ？　お前いたの？　と、俊太郎を見ると、

「ま、練習するしかねえんじゃねえの」

赤坂君と同じことを言う。それでも師匠は、みっちり三時間、稽古をつけてくれた。


そして、二回目の八月十三日がやってきた。

仙台でのイベントは同じように開催され、旅行ガイドで牡蠣小屋を発見して嬉しそうに出かけていく師匠を放っておいたところ、同じように牡蠣にあたってくれて、赤坂君は同じようにピンチヒッターに立候補し、ノブさんは同じように俊太郎に出番を回してくれた。

名前を呼ばれステージに上がった時は、やっぱり足が震えた。それでも、二ヶ月の予習は抜群の効果があった。一回目は二曲で降ろされてしまったけれど、一時間半のライ

ブを、なんとか最後まで完走することができた。

ライブの後、バンドとスタッフで軽く打ち上げをすることになった。ナツさんも来るかなと思ったけれど、赤坂君によると先に新幹線で帰ったらしい。乾杯の後、ノブさんが言った。

「今日はよくやったな、俊太郎。ピンチヒッターにしちゃ上出来だ」


その夜、東京に戻ってくると、一回目と同じようにイズミレコードに向かった。社長が海外で買い付けしてきたレコードの箱が送られてきている。梱包を解くと、一番底にあった。何も書かれていないジャケットから取り出して、あのレコードを見つめる。

あれから何度も考えて、仕組みはわかったつもりだ。あの時、針を持っていつものようにレコードの一番外側に下ろそうとした。その瞬間に見たフラッシュバックの映像は、お宮参り姿の若い母と、祖母に抱かれて見た七窓神社の空だった。手元が狂い、針はレコードのかなり内側に落ちた。すると、二ヶ月前に時間が戻った。

一番外側が俺が赤ん坊の時、かなり内側が二ヶ月前。それを考えると、このレコードに刻まれているのは、かける人間の人生の時間なんじゃないか？

レコードは、外側から内側に音楽が流れる。この音楽の流れを、人生に置き換えると、一番外側が人生の始まり。一番内側が今現在。そして、針を下ろした位置から、もう一度人生をやり直せる。

もし、このルールが正しいとしたら、一番外側からかけたりしたら大変だ。赤ん坊の時からやり直すなんて、考えただけで気が遠くなる。

俊太郎は、レコードをターンテーブルに置き、恐る恐る針を持った。

ノブさんに言われたことが気になっていた。

「ピンチヒッターにしちゃ上出来だ」

ダメだ。それじゃまだまだダメだ。針をレコードの上にかざすと、記憶がフラッシュバックする。仙台のライブが始まる前のバックステージの映像が見えた、ここだ！　俊太郎は、針を下ろした。目の前が真っ暗になる。

気づくと、そこは、八時間前のライブ会場のバックステージだった。


それから、何度も時間を巻き戻した。練習しては、時間を戻し、ライブに臨む。何度も同じ、師匠のピンチヒッターのライブをした。

緊張はもはやしない。ミスもしない。

でも、ライブ終わりに言われる言葉は同じだった。

「ピンチヒッターにしちゃ上出来だ」

それじゃ、ダメだ。これだけ練習したんだ。誰もが認めてくれるような演奏がしたい。この関門を抜けられない限り、ギタリストとして先には行けない、そんな思いにとらわれていた。

そして何十回目かのある日、今回はかなり良かったんじゃないか。そう自分で思えるような演奏ができた。

「よくやったな！　俊太郎。上出来だ」

ノブさんは笑顔で言った。

「ピンチヒッターにしちゃ」

順番が変わっただけかよ。

わからない。正解が。どう弾けばいい？

……師匠なら、どう弾く？


八月十三日。仙台ライブの日。師匠に声をかけた。

「師匠、今日のお昼取材ですよね。俺、お供します」

「なんでお前が付いてくるんだよ」

「いや、なんか心配で。あ、さっき見てた雑誌の牡蠣小屋ですけど、食中毒出して休業中らしいですよ」

「えー、なんだよ、楽しみにしてたのに!!」

「代わりに、牛タン、食べましょう。いいところ見つけたんで!」

そして、本番。舞台袖から師匠がギターを弾くライブを聴いた。

高校生の時、広島のライブハウスで初めて師匠のギターを聴いたあの時の気持ちがよみがえった。

ああ。やっぱり。

舞台に立つ師匠は、カッコいいなあ。

一音も聴き漏らすまい、と最後の曲まで聴いて、そして、時間を戻した。


盛り上がるお客たちに向かって、ノブさんが、

「えー、なんか一人足りねえなって思ってる人もいるかと思いますが、ギターの玄ちゃんが、本日残念ながら、牡蠣にあたって運ばれました」

お客たちから笑い声と、えーっと言う声があがる。

「いや、マジ、これ本当なの。ってことで、スペシャルゲスト！　ギター、長谷川俊太

郎っ!!」

舞台に出る。照明が眩しい。

まだ、師匠のライブのイメージが目と耳に残っている。

行ける。

思い切って、ギターを鳴らす。お客さんたちが次第に盛り上がっていく。

行ける。今日は行ける。

客席のナツさんと目が合った。手を振って、微笑んでくれた。行ける。行ける。


「俊太郎、よくやったなお前！」

「俊太郎さん、すごかったです！」

打ち上げの席で、皆が口々に褒めてくれた。これまでにない満ち足りた気持ちだった。

やりきった。お客さんも喜んでくれた。ギターで認めてもらえるのは何よりも嬉しい。

「俊太郎」

ノブさんが話しかけてきた。

「お前のことだから、もう少しビビるかと思ったけど、堂々としたもんだったよ」

肩を叩いてくれる。やった。これでようやく先に行ける、そう思った時、

「けどな、なんだあのソロは」

「え？」

「玄ちゃんが聴いてたら、ぶっ飛ばされるぞ。ありゃ、玄ちゃんのソロだろ」

言葉を返せなかった。

「十年も玄ちゃんの下で勉強して、行き着いたところが、師匠のモノマネか？」

ノブさんは、本気で怒っていた。

「お前の音楽は、どこにあんだよ」


帰り道。高速を運転していると、助手席の赤坂君が慰めてくれた。

「今日の俊さん、素晴らしかったと思いますよ」

「……素晴らしくなんか、ないよ。だって、ノブさんの言った通りなんだ。俺はただ、ずるをしていただけで……」

それなのに、やりきった、ギターで認めてもらえた、なんて、勘違いもいいところで……

「俊さん俺ね。小さい頃、体が弱かったんですよ」

「え？」

「よく学校を休んでて、家で過ごす時間がいっぱいあって、ギターを弾く時間も。だから、友達には、ギターが上手くても、学校の授業サボってるんだから、それはずるだって言われました。……えっと、何が言いたいかっていうと、俺もずるしてたって話」

照れ隠しに、はは、と自分で小さく笑う。

「ずるしたっていいじゃないですか。今日の俊さんのギター、俺はよかったと思います」

なんで、そんなにいいやつなんだよ。

そもそも、最初に「弾けます」と、立候補したのは、赤坂君だった。ノブさんのはからいがなかったら、きっとあのライブは赤坂君が弾いていた。それなのに、全力でサポートしてくれて、励ましてくれて、完全に兄弟子と弟弟子、逆転してるだろ。

……もし。

もし、赤坂君が弾いていたら？

「……ったく！」

ノブさんが怒鳴った。

「『Rの付かない月に牡蠣を食べるな』っつう言葉を知らねえのかっ！」

ノブさんと、バンドのメンバーが言葉を交わす。

「どうする？」

「まあ、もう玄ちゃんは諦めるしかねえだろ」

「じゃ、ギターどうするよ？」

「ノブさん一人で乗り切る？」

「いや、そりゃきついわ」

「それじゃ——」

「僕、いけます」

赤坂君が、手を挙げた。

「全部、弾けます。どの曲も、ソロ取れます。僕に弾かせてください」

何のためらいもなく、そう言った赤坂君の演奏を、どうしても聴いてみたい。その気持ちを抑えることができなかった。

「待て。お前には、これからいくらでもチャンスがあるだろ。今日はこいつに出番をやってくれ」

そう言って、ノブさんがこっちを見た。

「この十年、こいつなりに不器用でも頑張ってきたんだ。俊太郎、準備はできてるよな？」

　勇気を出して、答える。

「無理っす」

「は⁉　何言ってんだよ、お前！」

「俺には無理っす！」

「この、ヘタレがっ‼」


「ってことで、スペシャルゲスト！　ギター、赤坂遼平《りょうへい》っ‼」

赤坂君がスポットライトを浴びて、舞台に歩み出る。

ドラムのカウントで曲が始まる。

赤坂君がギターを奏でる。

最初の一音から、持って行かれた。俊太郎だけでなく、お客さんたちも、バンドのベテランたちも。

歩いていた人は立ち止まり、客席は静まり返り、皆の視線がたった一人に注がれる。

すごい。すごいことが起こり始めてる。俊太郎は思わず、客席の方に走り出て、ステージを正面に見つめた。

赤坂君の演奏は、想像を大きく超えていた。圧倒的だった。

ギターを弾く赤坂君の姿が、まるでスローモーションのように見えた。

一瞬一瞬が濃くて、一音一音が濃くて、そこに込められた想いが濃くて、注ぎ込まれた時間が濃くて。目が離せない。

与えられたソロパートが終わっても、赤坂君はソロを弾き続けた。

ノブさんが嬉しそうに笑って、腕をぐるぐる回す。『わかったよ、もうこうなったら、好きなだけやりやがれ』ドラマーが煽《あお》る。それを受けて赤坂君のギターは、さらに加速してボルテージを上げる。そんな彼をそこにいる誰もが息を呑《の》んで見つめる。

少しも動けずに、ただステージを見ていた。

赤坂君のこと、恵まれたやつだからって、特別なやつだからって、俺とはまるで違う環境で来たやつだからって、そう納得しようとしていた。……そうじゃない。

やるやつは、脇目も振らずやるんだ。音楽が好きで、ギターが好きで、やらずにいられなくてやるんだ。寄り道も回り道する隙もないくらい、まっすぐで、頑固で、真剣で……

ステージでギターを弾く赤坂君のいつもクールなその顔は、喜びにあふれていた。そんな姿を見ていたら、涙が出た。一回目の涙とは全然、違う涙だ。

赤坂君は言っていた。カッコいい！　と言う側と、カッコいい音楽を創る側は違う、と。

カッコいいよ、赤坂君。涙が出るほどカッコいい。

俺は……それを言う側だ。

初めてロックを聴いた十代の頃を思い出した。初めて動いているストーンズを見た。初めてギターを買った。Ｆのコードを押さえられるようになった。

あの頃はテレビも、ラジオも、街のあちこちにも、大好きな音楽があふれていて、レコードのジャケットに写るロックスターを見つめては、いつか自分もそっち側に行きたい、そんな夢だけで生きていられた。

ああ。いいなあ、音楽って、ロックって、やっぱ、カッコいいなあ。

そっちには、行けなかったなあ。俺は、やれなかったなあ。

こぼれていく涙は、悔し涙とは違って、胸にのしかかっていた重りを流していくようだった。と、左手に何かが触れた。

ナツさんが隣にいた。

その右手が、俊太郎の左手をそっと握った。

ナツさんは何も言わなかった。

そのまま二人で、ステージを見つめた。

その夜、東京に帰って機材を師匠の家に降ろすと、自分のギターを背負って電車に乗った。高田馬場で降りて戸山公園まで歩くと、ナツさんがベンチで待っていた。「お疲れ様」と、缶ビールを投げてくる。

「ピザもあるよ。今、お店で焼いてきた」

「ありがとう。仙台日帰りで疲れてるのに、ごめん、ここ遠かったでしょ？」

「ううん。新幹線で寝たし、いい散歩。誘ったのこっちだし」

ライブ終わりに今日飲もうよ、とナツさんが言ってくれた。とっさに待ち合わせ場所を考えて、この公園しか思い浮かばなかった。

ナツさんの隣に座った。二人で、まだ温かいピザを頬張る。

「赤坂君、すごかったなあ……」

しみじみと言うと、ナツさんも、

「うん、すごかったね」

そう言って、あとは、黙々とピザを食べ、缶ビールを飲んだ。

真夏にしては、涼しい夜だった。ナツさんは、箱根山を見上げている。

「知ってる？　あれ、箱根山っていってあれでも山なんだって。しかも、二十三区内最高峰」

「最高峰？　あれで？」

そう言ってナツさんが笑った。俊太郎も笑った。

「登ったことある？」

「うん、一度。でも俺は高いとこよりふもとの方が落ち着くなあ」

「そっか」

「俺、岡山に帰ろうと思うんだ」

ナツさんの笑顔が一瞬、固まった。

「……そう」

「だから、ナツさんとはこれでさよならになるけど、いろいろありがとう」

「こちらこそ」

「…………。それじゃ……ごちそうさま」

俊太郎が立ち上がり、空いたビールの缶を捨てに行こうとすると、

「あの」

ナツさんが口を開いた。

「最後に、ギター弾いてくれない？」

「え……」

「お願い」

ナッツさんは、まっすぐに見つめてくる。

「……アンプもないけど」

「大丈夫。聴こえます。たぶん、箱根山のてっぺんくらいまでは」

そう言って微笑んだナッツさんの顔を見ていたら、あの曲が頭の中で流れた。

ギターをケースから取り出して弾き始めると、ナッツさんは目を見開いた。

『三月の水』、最初に会った時、ナッツさんが鼻歌で歌っていたボサノヴァの曲だ。ブラジルの三月は夏の終わりだって、いつか赤坂君が言っていたっけ。そんなことを考えていると、ナッツさんが、ギターに合わせて鼻歌で歌い始めた。

ああ、やっぱり好きな声だ。そう思って耳を傾けていると、ちょこちょこと適当なポルトガル語を挟んで笑わせようとしてくる。そう来るか。だったら。適当すぎるポルトガル語を歌ってやり返すと、ナッツさんが笑った。二人で、交互に歌い合う。あのレコードのように。

『三月の水』――ポルトガル語の歌詞の翻訳は諦めたけれど、英語版はこんな歌詞で終わっていた。

〝It's the end of all strain, it's the joy in your heart.〟

こころは解けて、よろこびに満ちてゆく。

これが東京最後のライブか。なら、この人生も捨てたもんじゃないのかもしれない。

歌が終わると、ナツさんと目が合い、二人で爆笑する。

その笑顔を見ていたら、思わず、こんなことを口走っていた。

「ナツさん。よかったら、一緒に岡山に来ませんか?」

ナツさんは、驚いたように俊太郎を見た。

「……なんて」

俊太郎がごまかすと、ナツさんは、微笑んだ。

「いいよ」

バット・ノット・フォー・ミー

「タイムマシンみたい」

レコードのかけ方を教えていると、甥っ子の陸《りく》が言った。もうすぐ五歳になる小さな手がレコードの針を下ろすと、スウィングのリズムに乗って優しい音色のトランペットが歌う。カウンターの奥のキッチンからは、玉ねぎを刻む音とナツの鼻歌が聴こえてくる。

岡山県の七窓町にある『HASEGAWA COFFEE』は、海沿いの一本道に面したカフェで、入り口のガラス戸から外を見れば穏やかな海が広がっている。

人気メニューはカレーに窯焼《かまや》きのピザ。円筒型のストーブを真ん中にソファがけのテーブル席が四つ、キッチンに面したカウンター席が三つ、カウンターの横にはレコードのブースがある。

もともとは俊太郎の実家だったこの場所に、ナツとカフェをオープンしてもう五年目になる。子供の頃は果てしない未来に思えた西暦二〇〇〇年も、気づけば普通にやってきて、俊太郎は三十四歳になっていた。

「タイムマシンみたい」か。

今流れているレコードが四十年以上も前に録音されたものだと知ると、陸は目を丸くしてそう言った。一九五四年発売の『Chet Baker Sings』。ジャズトランペッターのチェット・ベイカーが、ボーカリストとしての歌声を披露したアルバムだ。こうして針を下ろせば、一九九五年生まれの陸が一九五四年に演奏された音楽を聴けるのだから、確かにレコードはそれ自体がもう、時をさかのぼる道具なのかもしれない。

ナツは今朝も鼻歌を歌いながら、玉ねぎを炒めている。いつのまにか、ナツの好きそうなレコードばかり集めるようになっていた。ボサノヴァやジャズスタンダードやポップソング。ステージで堂々と歌い上げるようなものじゃなくて、カフェのソファの隣に座った親しい人に話しかけるような、身近であたたかい音楽。『Chet Baker Sings』のちょっと頼りなげな優しい歌声もナツのお気に召したようで、見事鼻歌ソング入りを果たした。

「それってなんてうた?」

陸に聞かれて、ナツが答える。

「『バット・ノット・フォー・ミー』、『でも、僕のためにじゃない』っていう歌」

陸が首をかしげると、ナツは笑って歌詞を訳す。

「世の中には、たくさんラブソングがある。でも、僕のためにじゃない。空には、しあわせの星が輝いてる。でも僕のためにじゃない」

チェット・ベイカーが歌う。

〝I guess she's not for me.〟

「あの子を好きになっちゃったけれど、きっと彼女も、僕のものじゃないんだろうなあ」

ナツの言葉に、胸がちくりとした。

「ずいぶん自虐的な歌だなぁ」

と言うと、ナツは、

「でも、あんなカッコいい人が歌ってると思うと、母性本能をくすぐられちゃう」

アルバムのジャケットに写った若いチェット・ベイカーは、ジェームズ・ディーンにも似た甘いルックスをしている。

「カッコいいやつは何しても得だな」

と肩をすくめると、洗濯機がピーッと鳴る。

「はい、洗濯物干してきて！」

「せんたくもの、ほしてきて！」

陸がナツの真似をする。

「はいはい」

陸の母親である俊太郎の姉の祥子《しょうこ》は、大学で生物学の研究をしていて今はアメリカの学会に出かけている。同じ大学の研究室にいる陸の父親も同行したため、春休みのあいだ俊太郎夫婦と俊太郎の母親で陸を預かることになった。

初めは人見知りしていた陸も、すっかりナツに懐いて、俊太郎にあれこれ指示を飛ばすようになった。この家の序列をよくわかっている。

二階に上がり、洗濯物を干しながら、考える。

俺も、母性本能をくすぐったんだろうか。


五年前のあの夏の日、「よかったら、一緒に岡山に来ませんか？」そう言った俊太郎に、「いいよ」と答えたナツは、俊太郎が三十歳になった秋にはもう高田馬場のカフェの引き継ぎを終えて、本当に岡山にやってきた。まだ海の家だったこの家に二人で暮らすようになり、二人で店の改装を始めた。秋の終わりにはカフェをオープンし、クリスマスに親戚だけの小さな結婚式を挙げて籍を入れた。

こんなふうにとんとん拍子に何かが進むことなど自分の人生にはなかったことで、最初の一年くらいは「働き者のいい奥さんもらったね」と地元のおじちゃんおばちゃん連中に言われるたびに、そうか、ナツは俺の奥さんなんだ、夢じゃないんだ、ドッキリじゃないんだ、と安心させられていたけれど、結婚五年目ともなると、ナツが玉ねぎを刻む音で目覚めるこの暮らしが、いつのまにか俊太郎の日常になった。

それでも。

今でも時々考える。ナツはどうして岡山についてきてくれたんだろう、と。

きっとあの時、赤坂君のライブを見て涙していた俺の手を握ってくれたあの時、俺の姿があまりに情けなく、ほろりときちゃったんだろうなあ。あの時点ではきっと恋とか愛とかそういうんじゃなくて、何だかこいつかわいそうだなあって、ほっとけなくなっちゃったんだろうなあ。そんなふうに考えると、男としてはかなり情けない。

ナツが岡山に来る前に、ナツと赤坂君との間でどんな別れ話があったのかは知らない。赤坂君の話題自体ナツの前では避けて通ってきた。あのレコードを使って運命を変えなければ、きっとナツと赤坂君はあのまま付き合っていたはずだ。もしかしたら結婚していたりして、二人によく似た可愛い子供でも生まれていたりして……そんなことを考えると、やっぱりちくりと胸が痛む。ので、考えないことに決めた。

赤坂君は、あの仙台のライブでの演奏が、ある音楽プロデューサーの目に留まり、翌年、インディーズレーベルからデビューアルバムを出した。『聴いてください』との短い手紙と一緒に送ってきてくれたけれど、まだ封すら開けられずにいる。

時をさかのぼるレコードは、イズミレコードを辞めるときに勝手に持ってきてしまった。悪いやつに利用されたら、なんだかとんでもないことになりそうな気がして。って、悪いやつは俺か。


「俊太郎さん、ごはん！」

ナツに呼ばれて、下に降りる。カフェのカウンターで、陸を真ん中に三人で朝ごはんを食べる。サラダに目玉焼きとカリカリベーコン、焼きたてパンに地元で採れたハチミツ入りのカフェオレ。

「あれ、俺のベーコン少なくない？」

「先月の健康診断で引っかかったでしょ？　中性脂肪」

確かに、年の初めにナツと受けた市の健康診断で、医者に気をつけろと言われた。

「最近、お腹出てきたし。今月はビールも禁止」

「えー」

「えーじゃない。陸、叔父さんのベーコン全部食べちゃお！」

二人で皿に手を伸ばして、全部取り上げようとする。

「返せっ」

代わりに陸のベーコンを取ろうとすると、陸が皿ごと持って逃げ出した。

「よこせっ」

大人げなく追いかけると、陸はストーブの周りを逃げ回る。

「こら、こぼすよ。やめなさいって二人とも！……十秒で席に着かなかったら叔母さん本気で怒るからね、1、2、3、4、5、6、7、8、9——」

慌てて陸と席に着く。

「よし！」

ナツが鬼軍曹《ぐんそう》のように言う。そうしてまた、三人で朝食を食べる。

店に流れるチェット・ベイカーのアルバムは、最後の曲になっていた。

『Look for the Silver Lining』曇り空の日も、どこかで太陽は輝いているのを忘れないで。胸いっぱいの喜びは哀しみを消し去ってくれるから、いつも人生の明るいところを見つけてごらん。そんな歌だ。ちょうど雲の合間から太陽が顔を出して、店じゅうに朝の光が射し込んできた。

あのレコードはレコード棚の一番奥に隠してあって、あれから一度も使っていない。ナツが隣にいる毎日は、どの時間も、巻き戻したくないくらいしあわせだったから。

夕方になって最後の客を送り出していると、俊太郎の母親の珠美《たまみ》がやってきた。息子を目の前にして、

「ナッちゃん！」

と、店の中に声をかける。

「俺に用はないのかよ」

「あんたに用事やこうねえわ」

「はいはーい」

と、ナツがキッチンから顔を出す。

「すみません、もうすぐ洗い物終わるんで」

「そんなん俊太郎にやらせときゃーえーが、ほら、行こっ」

「それもそうですね、俊太郎さん、あとお願い」

「えー」

「えーじゃない、いつもナッちゃんばっかり働かせて。おいで陸。陸もおばあちゃんたちと行こっ」

三人は珠美の運転する軽トラックに乗って、あっという間に消えていった。今夜は地元の女性たちで「七窓の名物を作ろう」という会合があるらしい。

もう七十歳になる珠美はパワフルな田舎のおばちゃんで、畑でキャベツや白菜を作ったり、地元の主婦たちと町起こしイベントを企画したり、フラダンス教室に通っていたりと、すこぶる元気だ。親孝行をしに地元に帰ってみれば、母は母で存分に人生を謳歌《おうか》していて俊太郎はむしろ置いてけぼりだ。

結婚した当初、ナツは隣町のアパートに一人で暮らす珠美との同居を望んでくれたが、珠美のほうが「ええけえ、あんたら二人で好きぃせられえ」と断った。最初こそお互い様子見だった二人の関係も、

「俊太郎は子供の時から泣き虫でなあ。母ちゃん姉ちゃんて泣いて甘えりゃええて思っとんじゃけえ」

「じゃあ泣かせておくくらいで、ちょうどいいですね」

「そうそう」

などと、二人で俊太郎の悪口を言ってはガハハと大口を開けて笑うようになった。二

人の性格はなんだか似ていて、よく働き、よく食べ、よく笑い、好奇心旺盛でちょっとせっかち。一緒に山菜採りに出かけたり、料理を教えあったりと、仲良くやっているようだ。

それにしても、ナツの環境適応力はすさまじい。岡山に来たばかりの頃は、東京からこんな田舎に来て、帰りたくならないだろうかと不安に思っていたけれど、ナツはそんな心配などお構いなしに、次々にやりたいことを思いついては実行していった。

珠美に教わりながら、畑でトマトやキュウリ、ゴーヤにかぼちゃ、スイカまで作って、その野菜たちはカフェで出すサラダやピザ、カレーの具材になった。それだけでは飽き足らず、俊太郎の中学の先輩がハチミツを生産していると聞くと早速弟子入りして、毎年五月には、手袋に長靴、麦わら帽子に顔には網をかぶった本格的な作業着姿で採蜜を手伝った。楽しくてたまらないといった様子で作業をするナツと対照的に、そもそも虫が嫌いな俊太郎は離れて見ているだけなのだが、なぜか毎年ミツバチに刺される。そのたびにナツは笑って、

「優しく接すれば刺されないのに。私ほとんど刺されたことないよ」

「何もしてないよ。何もしなくても刺されるんだよ俺は。そういう星回りなんだよ」

アカシアやレンゲの花から採れたというそのハチミツは、カフェのミルクティやレモ

ンスカッシュに使われた。店のキッチンで地元の食材を使ったメニューを考えている時のナッツはとても楽しそうで、そんな姿を見ると俊太郎もつい微笑んでしまう。

ナッツは俊太郎の同級生たちともすぐに馴染《なじ》んだ。

「俊ちゃん帰ってきて『七窓の三バカ』が揃《そろ》うてしもうたで」

と、同級生で市役所に勤める一平《いっぺい》の奥さん、真美《まみ》が言う。

「七窓の三バカ？」

ナッツが聞くと、

「一平、次郎《じろう》、俊太郎で『七窓の三バカ』呼ばれとったんじゃって」

と、実家のオリーブ農家を継いだ次郎の奥さん、美和《みわ》が説明する。

同級生で地元消防団仲間の一平と次郎の家族とは、何かと集まってよく飲んだ。店の前の砂浜に、夏は氷の入ったバケツで冷やしたビールを、冬はポットに入ったホットワインを持ち出して、たわいのない話で盛り上がる。一平や次郎の口から何度も繰り返される俊太郎の小中高時代の失恋話に、何度聞いてもお腹を抱えて笑っているナッツを見ていると、この町に帰ってきてよかったな、と思った。

ナッツがこの町にいるのはもう当たり前で、それはこの先もずっと続くのだと、そう信じていた。

三月も残り数日になったある日、カフェをオープンさせると、

「俊ちゃん、聞いてーや」

近くでペンションを経営する昭《しょう》ちゃんがやってきた。昭ちゃんは、俊太郎の中学の先輩で、ナツのハチミツの師匠でもある。

「みんな見事に意見バラバラ。こんままじゃあ今年こそ夏祭り中止じゃな、中止」

昭ちゃんは、夏祭り実行委員会の幹部を務めている。毎年七月の最後の日曜日に地元商工会や観光協会などが一緒になって、地域活性化のための趣向をこらしたお祭りを開催しているのだけれど、毎年、メインイベントを何にするかでなかなか意見がまとまらない。

俊太郎も岡山に帰ってから、昭ちゃんや一平たちに引っ張り出されて毎年準備や当日の運営を手伝わされているが、先月の第一回企画会議では確かに、

「地元活性化なんだから特産物を集めた食イベントでしょ」

という意見もあれば、

「のど自慢大会がいい」

「小学校のマーチングバンドが発表する機会を作ってほしい」

「ハワイアン教室のみんなでフラダンスを披露したい」

「ちゃんと岡山出身のプロの芸人さん呼んで漫才をしてもらおうよ。お笑いの祭典」

「いやいや、お笑いよりみんなが喜ぶのは、マジックショーでしょ」

「もうシンプルに花火大会でよくねえ？」

と、意見はとっちらかったままに飲み会になだれ込んでしまった。おそらく、次の会議もまとまらないまま終わりそうだ。

「わいは意見さえまとまってくれりゃあ、何でもええんじゃけど、俊ちゃん、何かアイデアない？」

「え、俺？」

「ずっと東京おったんじゃけえ、何かあるじゃろうが、シャレたアイデアが」

「そんなこと言われても……あ！　カレー大会とかは？」

「なんなんそれ」

「参加者が自慢のカレーを持ち寄って、一位になった人には賞金……」

「そんなんずりいわ、ぜってえ俊ちゃんとこ優勝じゃが！」

ナツが笑いながらコーヒーを持ってくる。

「いいじゃない、カレー大会」

「ナッちゃん、そりゃあダメよ、ずるはなし。とにかく俊ちゃん、次ぃ会議は飲んどるだけじゃのうて、何か意見出してもらうけえな。あ、そうじゃ」

昭ちゃんは自分の携帯を取り出して、俊太郎に渡す。

「これ、わいも頼まぁ。サザンの『TSUNAMI』よろしくな！」

昭ちゃんが帰ると、置いていった昭ちゃんの携帯に数字を打ち込む。

「人気だね、着メロ職人」

と、ナツがからかう。

五年前、あんなに流行《はや》っていたポケベルはあっという間に姿を消し、携帯電話を持つことが当たり前になっていた。着信メロディーの音はまだファミコンと同じ三和音で、携帯にもともと入っているもの以外のメロディーにしたければ、ドレミを一音一音、打ち込んで曲にするという気の遠くなる作業が必要だった。

世の中には携帯にヒット曲を打ち込むための『着メロ本』なんてものも出回っていたけれど、「俊ちゃん、ミュージシャンじゃけえできるじゃろ」と一平に頼まれて、面白半分でやってみたのが最後、「あいつに頼めばどんな曲でもやってくれる」という噂が町に瞬《またた》く間に広がり、皆がカフェを訪れ遠慮なく携帯を差し出すようになった。

その頃流行っていた曲は、宇多田《うただ》ヒカル『Automatic』、モーニング娘。『LOVEマシーン』、そして『だんご3兄弟』。メロディーとコードをコピーして、三和音にアレンジ、小さな画面にひたすら打ち込む。……俺は何をやってるんだ。

「いいじゃない。おかげでみんなお店に来てくれるんだから」

「そりゃそうだけど。師匠がこんな姿見たら泣くよ。岡山に帰って、行き着いた先が着メロ職人なんて。いや、笑うな。爆笑する」

ナツは笑って、

「師匠、元気かな」

師匠は、結婚の報告を年賀状に書いて送った年の夏、「近くまでツアーで来たから」とカフェにひょっこり顔を出し、ご祝儀《しゅうぎ》を置いていってくれた。酔っ払ってナツの太ももを触ったのは今でも許せないが、嬉しかった。

「あの人は元気だよ。いつだって」

「だといいね。赤坂君も」

ナツの口から赤坂君の名前が出て、携帯を打つ手が止まった。

夕方になると店を閉めて、ナツと陸と三人でオリーブ園に向かった。駐車場で陸の自転車の練習だ。

「こんなところまでわざわざ自転車持ってきて練習する人いないよ」

オリーブ園は見晴らしの良い高台にあって、瀬戸内海を一望できる。ナツのお気に入りのスポットだ。

「景色がいい方が楽しいでしょ」

「バカと煙は、高いところが好き、とか」

背中を殴られる。痛い。

「上から見渡した方が、いいものも見つかりやすいでしょ」

「いいものって何？」

そう聞くと、ナツは一瞬口ごもった。

「ま、ふもとをぐるぐる回ってるのが好きな俊太郎さんにはわかんないよ」

ナツはそう言って、ワゴンのトランクから子供用の自転車を下ろした。

初めてナツとキスをしたのも、ここの展望台だった。した、というか、したかったのだけれど、ナツが岡山に来てくれたその日に気合いを入れてロマンチックな夕焼けスポットに連れてきたものの、タイミングをうかがってぐずぐずしているうちに日がすっかり沈んでしまい、「もう帰ろうか……」と諦めかけて車に戻ろうとしたところ、ナツのほうから唇を重ねてきた。辺りはすっかり闇だった。もうその時点で、のちの夫婦としての力関係は決まっていたように思う。

陸が危なっかしいハンドルさばきで自転車を漕ぐ。ナツが自転車の後ろを支えて押す。ナツも陸も汗だくだ。

「俊太郎さん、見てばっかりいないでちょっとは手伝ってよ」

「だって、教え方がよくわかんないんだよ」

「じゃあ、自分はどうやって乗れるようになったの？」

「たぶん……父親が教えてくれたんだと思う」

「そっか。ねえ、俊太郎さんのお父さんってどんな人？」

「え？　さあ……」

小学校に上がる前に亡くなってしまったから、記憶の中の父親にはいつも霞《かすみ》がかかる。

「母さんが言うには、釣りばっかしてる酒好きのマイペースな人だったみたい」

「じゃあ、俊太郎さんに似てるのかもね」

どういう意味だ。

「私も、お父さんに自転車、教わったなあ」

「ナツの親父《おやじ》さん、若いよな」

　結婚式の時に挨拶をしたけれど、筋肉質の爽やかな男性で、言われなければナツのお兄さんかと思ったくらいだ。

「ああ……あっちのお父さんは私が高校の時に母が再婚して」

「え？　そうだったの？」

「うん。うち小学校の時、離婚してて。今の父とは母が通ってたスポーツクラブで知り合ったんだって。スイミングのコーチ。かわいい年下捕まえちゃって、なかなかやるでしょ、うちの母」

　自分だって。赤坂君は年下じゃないか。

「ん？　何？」

「いや……言ってよ。そういう大事なこと」

「大事なこと？　そっか。うん」

　ナツはどこか曖昧《あいまい》にうなずいた。

　と、一人で練習していた陸が派手に転んだ。

「あー、ごめんっ、大丈夫？」

　ナツがかけよるけれど、泣きもせず自分で自転車を起こしている。なかなか我慢強い。さすが姉さんの子だ。

「陸、えらいぞ。俺なら間違いなく泣いてる」

そう声をかけると、

「ねえ、ナッちゃん」

ふいに陸が聞いた。

「ナッちゃんはなんで、おじさんとけっこんしたの？」

……こいつ。

「なんで？　ふふっ、なんでかなあ？」

ナツは陸のズボンの砂をぱんぱんと払って、

「おじちゃんにも、一人くらいファンがいないと、かわいそうでしょ」

かわいそう、か。やっぱりそこらへんか。わかってはいたけどさ。

オリーブ畑の向こうに広がる海に日が落ちてゆく。

夕焼けの道を車で帰ると、

「ＵＦＯくるかなあ？」

陸が助手席の窓から空を見上げた。さっきのお返しとばかりに陸を脅す。

「あ、いた！　あそこあそこ！　早く帰らないとさらわれちゃうぞ」

「またそんな適当なこと言って」

ナツに後部座席から、パンチされた。

「いや本当に七窓は昔から、ＵＦＯの目撃情報が多いんだって」

「ＵＦＯにおねがいしたら、おうじさまのほし、いけるかなあ」

陸が言っているのは、昼間に読んで聞かせた『星の王子さま』のことだ。うん、そうだ。と、思い出す。俊太郎も子供の頃に読んで、ひとりぼっちの王子さまがあの後どうなったのか、ずっと気になっていた。

「遊びにいってやりたいなあ。ひとりぼっちだったらかわいそうだもんなあ」

「うん、かわいそう」

と、陸が言う。

「そうだね。バラさんとまた会えて仲直りしてたらいいね」

と、ナツが言う。何となく、しんみりとした空気になった。

「そうだ俊太郎さん。来週の土曜日、東京で高校の時の同窓会があるの」

「東京？　青森じゃなくて」

「うん、東京。泊まりで行ってきてもいい？」

「うん、いいけどお店は？」

「カレーとケーキは作っておくし。盛り付けだけならできるよね？　ピザとパスタはお休みにしちゃって、コーヒーは淹れられるよね？」

「う、うん……たぶん」

「しっかりしてよ」

「そう言われても……」

情けないけど、不安だ。これまでナツがいないことなんてなかったし。

「陸のことお願いね。二人でゲームして夜更かししないように！」

「はい」

「はーい」

「それから、昼間に昭ちゃんが言ってた夏祭りのイベントのこと」

「え？」

「俊太郎さん、ちゃんと考えてみたら？」

「俺が？　いや……そういうの、俺、向いてないし」

「そんなことないよ」

ナツはきっぱりと言った。

「俊太郎さんなら、きっといいアイデア、思いつくよ」

　土曜日、朝早くにナツを岡山駅まで車で送ってから店をオープンすると、こんな日に限って次から次へと客が押し寄せて、半分パニックになりながらなんとかカレーを出し、カレーがなくなるとさっさと店を閉めて、陸を連れてヨットハーバーに向かった。

　陸は停泊する何十艘《そう》ものヨットを珍しげに眺めている。クラブハウスの前には大きなスペースがあり、毎年、その場所が夏祭りの会場になっていた。

　夏祭りのイベント、か。カレー大会はダメだって言うし、皆が納得するようなイベントなんてそんなもの、やっぱり俺の頭じゃ思い浮かばないよ。いやいや、ナツの期待に応えないでどうする。

　イベント、イベント、夏のイベント……あ。


「音楽フェス、とか、どうですかね？」

　その日の夜、夏休み実行委員会の会議で、恐る恐る言ってみた。

「音楽フェス？」

　町のみんなが、顔に「？」を浮かべている。やっぱり、こういうシチュエーションは苦手だ。ふーと息を吐いて呼吸を落ち着かせると、一気に話す。

「ステージを作ってライブをするんです。地元のアーティストやハワイアンの演奏にフラダンスがあってもいいし、もちろん子供たちのマーチングバンドの演奏も、歌自慢のおじいちゃんおばあちゃんのエントリーもアリで。司会は地元出身の芸人さんにやってもらいましょう。会場には地元の特産品の物販ブースを作ったり町のレストランや喫茶店に出店してもらって、音楽を聴きながら食べ歩きができるようにするんです。マジックショーは会場のいろんなところでゲリラ的に。予算が許せばラストには花火を。……これで、皆さんがやりたいこと、全部入ったかと思うんですけど」

皆が、あっけにとられた顔でこっちを見ている。

ほら、やっぱり、こうなるじゃないか。

「なんて、やっぱり無理ですよね……」

消えそうな声で言って肩を落とすと、昭ちゃんが口を開いた。

「俊ちゃん……あんた天才じゃゃ」

「『セトフェス』？」

次の日東京から帰ってきたナツに早速報告する。

「うん。瀬戸内音楽フェスタ、略して、セトフェス」

ナツは、俊太郎が考えた内容を聞くと目を輝かせた。

「さすが俊太郎さん。それ、すっごい楽しみ！　うちもカレーの出店やろう」

久しぶりに褒められた気がする。ナツが笑ってくれれば、やっぱり嬉しい。

「おかげで本格的に実行委員やることになっちゃったよ。これから忙しくなるなぁ」

「いいじゃない。そういう役回り、俊太郎さんには似合ってる」

「役回り？」

「誰かのために走りまわる役」

「俺の天職は着メロ職人だけじゃなくて、みんなの雑用係か」

「やだやだ言いながら結局はやるんだから。人が喜ぶ顔が好きなんでしょ」

まあ確かに。今思えば、ギタリストよりボーヤの方が向いていたような。どんな雑用でも、役に立って笑ってもらえれば、それで嬉しかった。

「性に合ってるってことだよ。どんどん世話焼いてあげて」

「みんな俺には無茶振りばっかりしてくるけどね」

「俊太郎さんには無茶なこと言いやすいの」

褒められてるのか、なめられてるのか。お湯が沸いた。

「コーヒー飲む？　雑用係が淹れますよ」

「お願いします」

と、ナツはカウンターに座った。キッチンに入り、コーヒーを淹れていると、

「ねえ。もし、何かあって、私がいなくなるとするじゃない」

「え？」

視線を落としたままナツは続けた。

「ずっと独りでいるなんて、やめてよね。俊太郎さん、そういうの、向いてないから」

「……なんだよ、それ」

「ん？」

ナツは顔を上げると、少しだけ微笑んで、

「長い時間、電車に乗ってたから、いろいろ考えちゃっただけ。まあ、人生、何があるかわかんないし」

「ナツがいなくなったら……俺、働きすぎで死んじゃうよ。この二日間、この店、大惨事だったんだから」

「大げさなんだから」

と、笑う。

「ほんとだって。もう俺ひとりじゃ対応しきれなくなって実は早めに店閉めたしね」

冗談めかして言うと、ナツは少し黙って、

「甘やかしすぎたかな。俊太郎さんのこと」

その声のトーンに、突き放された気がしてどきりとする。ナツの顔からは笑みが消え、目が潤んでいた。

「何、何、どうしたの」

「別に何でもないよ」

「東京で何かあった？」

「別に。疲れただけ。着替えてくるね」

そう言うとコーヒーも飲まずに、二階に上がっていった。


次の日も、ナツはいつも通りの時間に起きて、玉ねぎを刻みカレーの仕込みを始めた。

昨夜のことが気になってよく眠れず布団の中でぐずぐずしていると、陸が布団をめくった。

「なんだよ、起こすなよ」

「けいたい」

陸が持ってきたのは、ナツの白い携帯電話だ。そうだ。今日は、ナツの二十九歳の誕生日。陸とサプライズパーティーの企画をしていたんだった。

慌てて起きて着替えると「夏祭りの仕事がある」と嘘をついてナッツと陸を残して車で出かけた。ナッツは自分の携帯電話が盗まれたことに、全く気づいていない。

オリーブ園の駐車場に車を停めると、ナッツの携帯に着メロを打ち始める。

計画はこうだ。ナッツの携帯にこっそりハッピーバースデーの曲を入れて、着信メロディーに設定する。その携帯を陸がナッツのエプロンのポケットに戻す。十二時ちょうどになったら、ナッツの携帯を鳴らす。ハッピーバースデーが流れ、驚くナッツに、そこにいた客たちが「誕生日おめでとう！」の大合唱、ろうそくに火をともしたケーキが登場する。

珠美、一平、次郎、昭ちゃんとその家族にも声をかけておいた。真美ちゃんと美和ちゃんがケーキを作ってきてくれるらしい。

ナッツは喜んでくれるだろうか、そう思いながら着メロを打ち込んでいると、携帯が鳴り、びっくりしておおっと声をあげ、足元に落としてしまった。焦って携帯を拾うと、その画面に現れたのは、『赤坂遼平』という文字だった。

コーヒーを淹れているナッツのエプロンのポケットから、携帯の着信メロディーが流れ出す。そんなようすを柱の陰から陸がうかがう。

「え？」

普段と違う着信音にナツが戸惑う。お客としてランチを食べている皆は知らんぷりを決め込む。ナツがポケットから携帯を取り出した。流れる曲はハッピーバースデーだ。

ナツが顔を上げ店内に目をやったその瞬間、

「ナッちゃん、お誕生日おめでとう！」

大合唱とともにケーキが登場する。ナツは、ぽかんと皆を見つめた後、

「今日やけに集まりいいなと思ったら、そういうことー⁉」

いつも通り、大きな口を開けて笑った。

「俊ちゃん、弾けよ」とはやし立てられ、店に置いてあるアコースティックギターでハッピーバースデーの伴奏をする。皆で歌ってナツの二十九歳の誕生日を祝った。

ナツは、最後は涙ぐんで、皆の歌を聴いていた。

誕生日ケーキを切り分けていると、

「もっと綺麗に切ってよ」

ナツが背中をつついてきた。

「はいはい。チョコのプレート食べるでしょ？」

「うん。陸と半分こする」

そう微笑んで、ケーキを運んでいく。

あの時、赤坂君からの着信は取らなかった。留守電に切り替わると、

『朝早くごめんなさい。先日はどうも。またかけます』

五年ぶりに聞く赤坂君の声がした。

お客さんたちにケーキを配りながら、頭に浮かぶ考えを払えずにいた。

ナツは、本当に、同窓会に行ったんだろうか。

もしかしたら、赤坂君に会いに行ったんじゃないか。

だって昨夜のナツは、明らかに変だった。

『ねえ。もし、何かあって、私がいなくなるとするじゃない』

あれは……赤坂君と何かあったからなんじゃないか。


十五時過ぎには皆が帰っていき、食器を下げていると、

「そういえば、いつのまに携帯盗んだの？」

ナツが聞いてきた。

「陸が」

「陸、知らない人にはやっちゃダメだよ、どろぼうになっちゃうからね」

「はーい」

「でも、すっごく嬉しかった。ありがとう、二人とも」

聞かずにはいられなかった。

「あのさ、さっき、携帯に着メロ打ってる時、着信があって。赤坂君から」

ナツは一瞬、固まって、

「そう」

と答えた。

「すぐ切れちゃったから電話取れなかったけど、最近、赤坂君と連絡とったりしてるの？」

「ううん、全然」

ナツは、はっきりと答えた。

「何の用だろね？　後でかけ直してみる」

そう言うと、ナツは目をそらしキッチンで洗い物を始めた。

その夜。ナツが眠った後、静かに布団を出て一階に降りた。

電気をつけずに、レコード棚の一番下のレコードを全て取り出す。その奥には、あのレコードがあった。

何も書かれていないジャケット。この五年間、一度も使うことのなかったレコードだ。

もう時間を戻すことはないと思っていた。でも。

俊太郎は、レコードをしばらく見つめ、ターンテーブルに置くと針を下ろした。


土曜日、ナツを岡山駅まで送った。二日前の、ナツが東京での同窓会へ向かったあの土曜日だ。

「何か困ったことあったら、すぐに電話してね」

「うん」

「俊太郎さんだけで本当にお店大丈夫かなあ」

「大丈夫だって。少しは俺を信用してよ」

ナツはそれでも不安そうな顔で、駅の中へと消えていく。その背中が見えなくなると車を急発進させて、一番近くのコインパーキングに停めた。

「陸、行くぞ！」

車から飛び出して、陸の手を引き走り出す。

「どこにいくの？」

「……探偵」

「たんてい？」

陸が立ち止まる。しゃがんで陸の両肩に手を置いた。

「陸。今日のこれからのこと、ナツおばちゃんには内緒な」

「なんで？」

「なんでって……探偵には守秘義務があるんだ。男と男の約束だ。いいな」

わかったのか、わかってないのか、陸はうなずいた。

「よし、行こう」

手を引いて、駅の窓口に急ぐ。

「どちらまで行かれますか？」

「東京まで。おとな一枚、こどもは――」

陸を見る。

「六歳までの未就学児《みしゆうがくじ》の方は無料になりますが」

「じゃあ、それで」

「指定席に座られますと、有料になります」

「じゃ、じゃあそれで！」

おとな一枚こども一枚の切符を買った。ナツが事前に買っておいた切符で、新幹線の時間と座席番号は把握していた。三つほど離れた車両を選んだ。しかし、ふところが痛い。

改札を入って出発直前まで改札付近の自動販売機の陰で待機する。ここで会ってしまったら元も子もない。

アナウンスが流れ、ホームに新幹線が入ってくる音がした。陸を抱きかかえてホームに上がるとギリギリで滑り込む。座席に座って、ようやくホッと息をついた。

「かくれんぼみたいだね」

陸が言う。なるほど、そっちの方がわかりやすい。

「そう、かくれんぼだ。ナツおばちゃんが鬼、見つかったらアウトな」

「うん」

陸は大きくうなずいた。このゲームをすっかり楽しんでいるらしい。

新幹線は東京に向けて走りだした。陸に車内販売のプリンを買ってやり、自分はビールを飲む。禁止されていたが、飲まなきゃやってられない。自分でもバカなことをしていると思っている。ただの勘違いであってほしい。あとでナツに話したら、呆れられる笑い話であってほしい。

東京駅に降りると、久々の人の多さに思うように歩けない。ナツを見つけようにもこの人混みじゃ……と途方に暮れていると、

「あ、いた、ナッちゃん」

陸が指さした。その先には見覚えのあるコート、ナツの背中があった。

「よし、よくやった！」

柱の陰に隠れて様子をうかがう。ナツは携帯で電話をかけている。誰に？　と、上着のポケットで携帯が鳴った。

「も、もしもし！」

『東京ついたよー、そっちは？』

そうだ、一回目も、ナツから電話が来たんだった。

「い、今から店開けるとこ」

『えー、遅くない？　何してたの？』

「ごめん」

『今どこ？　周り騒がしいけど』

すぐ後ろ。とは、もちろん言えない。

「ごめん、携帯の調子がおかしいから、またかけ直す」

早口で言って携帯を切る。ナツを見ると、ちょっと不満そうな顔をして携帯をしまい歩いていく。陸を抱えて後を追うと、ナツは駅の改札を抜け、大丸《だいまる》東京店に入っていった。エスカレーターで上のフロアに上がっていき、喫茶店に入っていく。奥の席に案内されたようで、店の外からは姿が見えなくなった。

どうしようかと迷ったけれど、テーブル席が高めのつい立てで仕切られた中のつくりに、なんとかなるだろうと飛び込んだ。

「お客様、二名様でよろしいですか」

「あの、子供がトイレ近いんで入り口近くの席でお願いします」

とたんに、陸が「トイレ」と言い出した。店の外に出てトイレに連れて行き戻ってくると、喫茶店に長身の男が入っていくのが見えた。カジュアルなジャケットを着て、髪を短くしている。あの頃と格好は違うけれど、あれは――

「ナツさん」

赤坂君は店の奥に進んでいき、ナツに手を挙げた。ナツが立ち上がり、「久しぶり」と微笑んだ。二人は席に着き、赤坂君が何か言うとナツが笑った。いつもみたいに、大きな口を開けて。

そんな二人の様子をただ、見つめていた。

五年前、一回目のボロボロのピンチヒッターライブの後、仙台のイベント会場で会ったナツと赤坂君の姿を思い出した。並んだ二人は、見るからにお似合いだった。

今もそうだ。やっぱり二人はお似合いだ。赤坂君は昔より大人びてカッコよく、ナツは、ひいき目かもしれないけれど、あの頃と変わらずきれいで、二人でお茶をしているだけでその周りが特別な空気をまとっているように見える。

「ご注文、よろしいですか？」

ウェイトレスがやってきた。

「すみません」

それだけ言って、席を立った。

東京駅の構内を黙って歩いていくと、陸が聞いた。

「どこいくの？」

「帰るんだ」

「もうかえるの？」

「もう帰るんだ」

窓口で、岡山行きの新幹線の切符をおとな一枚こども一枚買った。

帰りの新幹線の車内で、陸にアイスクリームを買って、自分はビールを飲んだ。すぐになくなり、また一本買って飲んだ。陸が「プリン」と言い、またプリンを買ってやった。姉さんにもナツにも怒られるだろう。知ったことか。三本目のビールを買った。

ふいに、ナツがチェット・ベイカーの『バット・ノット・フォー・ミー』の歌詞を陸に説明していたことを思い出した。

世の中には、たくさんのラブソングがある。でも、俺のためにじゃない。

空には、しあわせの星が輝いてる。でも俺のためにじゃない。

〝Although I can't dismiss the memory of her kiss,
I guess she's not for me.〟

彼女とのキスを忘れられないけれど、
でもやっぱり、彼女は俺のものじゃないんだろうなあ。

ビールを飲み干す。

たとえきっかけが「かわいそう」でも、一緒に暮らすようになって二人の時間を積み重ねて来たはずだと、ナツにとってもきっとしあわせな毎日だったはずだと、そう信じたかった。けれど、やっぱり。

やっぱり、俺じゃないのか。

日が暮れる前には、七窓に着いた。

店でぼんやりしていると、昭ちゃんが迎えに来た。気が進まなかったけれど陸を母に預かってもらい、夏祭り実行委員会会議に出て、音楽フェスの提案をした。その夜の飲み会は飲みすぎて、婦人会のおばちゃんに抱きつき、その旦那に腕ひしぎ十字固めをかけられた。

「ったく、しゃんとせーや、俊ちゃん！　なんなら？　欲求不満なんか？」

「俺にだって、いろいろ、あるんすよう」

「いろいろ？」

「いろいろったら、いろいろっす」

昭ちゃんに抱えられて店に戻ると、ナツから電話が来た。

『携帯、直った？』

「うん……」

『今日お店、どうだった？』

「うん」

『うんって何』

「ああ。大丈夫」

『ほんとかなあ。陸は？　どうした？』

「寝た」

『そう。私もホテル帰ってきてもう寝るとこ』

「そう」

今、誰といるんだ。まだ赤坂君と一緒なのか？

『あしたの午後には新幹線乗るね』

「うん」

『おやすみ』

「おやすみ」

電話を切ると、ソファになだれ込んだ。昭ちゃんが心配げな顔で、

「おい。大丈夫か？」

「だいじょうぶ、ダイジョーブ！」

と、思いっきり右手を上げて、あとは覚えていない。

次の日の夕方、岡山駅にナツを迎えに行った。『セトフェス』の報告をすると、ナツは一度目のときと同じように喜んだ。その次の日、サプライズのバースデーをした。エプロンのポケットの中の携帯からハッピーバースデーが鳴るとナツは本気で驚き、同じように喜んだ。着メロを作っている時に、赤坂君から電話があったことは言わなかったし、ナツも何も言ってこなかった。


四月になり、姉の祥子が陸を迎えに来た。

「陸！　いい子にしてた？」

陸は、かけよったりはせず、本を読んだ姿勢のまま顔を上げて、うん、とうなずいた。

祥子は気にする風でもなく、スーツケースからお土産《みやげ》を取り出して、ナツに手渡す。

「ナッちゃん、ほんとありがとう、助かった」

「いいえ、こっちも楽しかったです」

「どうせ俊太郎は何もしないで、ナッちゃんがぜんぶ面倒見てくれたんでしょ？」

「だいたいそんな感じです」

と、ナツが笑ってお茶を淹れに行く。

祥子が陸の隣に座ると、陸がぽつり、と、

「じてんしゃ、のれた」

「うそーすごーい。あとでママに見せて。それから？」

「ヨット」

「ヨットハーバー行ったんだ」

「うん。陸、あそこが気に入ったみたいで、何回か」

「乗り物好きだもんね。それから？」

「しんかんせん、のれた」

「新幹線？」

祥子がこっちを見た。固まっていると、ナツが紅茶のポットを持ってきながら、

「私こないだ東京に行ったんですけど、岡山駅まで俊太郎さんと送り迎えに来てくれたんです。そのことかな？」

陸がこっちを見た。俊太郎がうなずくと、陸もうなずいた。

夕方には珠美もやってきて、店のキッチンで女三人、料理を作り出した。イカ、エビ、アナゴなどの魚介類にレンコンや畑で採れた野菜を加えたバラ寿司《ずし》、ママカリを焼いて二杯酢と醤油《しょうゆ》でつけた焼きママカリの酢漬け、珠美が畑で作った春キャベツを使ったロ

ールキャベツ。みんな俊太郎の家庭の味だ。

「魚介の町だから、やっぱり特別に美味しいのよね、バラ寿司」

と、祥子が言う。ナツが、

「最初お義母《かあ》さんに教えてもらった時、驚きました。こんなにたくさん海の幸が入ったお寿司、食べたことなかったから」

「でしょでしょ。小さい頃はなんとも思わないで食べてたけど、今思えば豪華よね」

「外に出たら田舎のありがたみもわかるじゃろ。はい、若いの、口動かさんで、手、動かす！」

珠美が、祥子とナツのお尻を叩き、三人は声をあげて笑った。


夕食を食べ終えると、店の横の駐車場で陸が自転車に乗る姿を、皆で見守った。祥子と珠美がすごい、と手を叩くと、陸は得意げにペダルを漕いだ。

そんな様子を見てナツがぽつりと、「さみしいなあ」と言った。またすぐに来るだろ、そう言いたかったけれど、言えずに飲み込んだ。

祥子の車に乗り込む前に、陸がナツの手をつかんだ。ナツは笑って、その手をぶんぶんと振る。

「ばいばい、陸」

「またくるよ」

ナツを励ますように陸が言う。

「夏休みもナッちゃんにお願いしていい？」

と、ちゃっかり祥子が乗っかってくる。

「はい、もちろん」

「お母さんも、またよろしくね」

「もう、あんたはそういうとこ、ほんと要領いいんだから」

「じゃあ、今度は夏休みにね。約束」

ナツが陸に小指を差し出す。

「やくそく」

指切りをする。陸を乗せた車が見えなくなるまで、ナツはずっと見送っていた。


春が来て、またナツと二人の生活になった。俊太郎は、『セトフェス』の準備に力を注いだ。打ち合わせと言ってはよく外に出かけた。夜はなかなか寝付けず、キッチンに降りて店のビールを飲んだ。

ナツは、『セトフェス』に出すカレーの開発に夢中になっているようだった。

「せっかくだから、最高のカレー、みんなに食べてもらいたいじゃない」

その熱意は、ちょっとやりすぎなんじゃないかと思うくらいで、朝から夜中までキッチンに立って、ああでもないこうでもない、と何度も試作品を作っては味見をしていた。

そんな数週間が過ぎて、ナツが言った。

「また、東京に行ってきていい？」

「え」

「母が青森から出てくる用事があるから、久々に会いたいの」

「……いいよ」

そして、ナツはまた東京に出かけて行った。


ナツが東京に行ったその夜も、眠れず、店でビールを飲んでいると、携帯が鳴った。零時を回っていた。赤坂君からだった。表示を見つめたまま取らずにいると、留守電に切り替わった。ビールを飲み終えて缶を潰してから、留守電を聞いた。思いつめたような声だった。

『俊さんお久しぶりです、夜中にすみません。大事な話があります。ナツさんのことです。お時間のある時に、電話もらえませんか』

電話は、かけ直さなかった。

キッチンに入り、もっと強い酒がないか探していると、食器棚の中に一冊のノートを見つけた。開いてみると、コーヒーの淹れ方や店のメニューのレシピが、ナツの几帳《きちょう》面《めん》な文字で書かれていた。ちょっとしたコツや注意ポイントまで、イラスト入りで細やかに。まるで、ナツがいなくなるのが前提での引き継ぎのように。

めくっていくと、カレーのレシピが現れた。すぐにノートを閉じて元あったところにしまうと棚を閉じた。

五年前、ナツが岡山に来てくれて、一緒に暮らすようになって、カフェをオープンして。いつのまにか、ナツがこの町にいるのはもう当たり前で、それはこの先もずっと続くんだと、そう信じていた。頑張って長生きすれば、おばあちゃんになったナツのとびきり美味しいカレーが食べられるんだと、そう思っていた。

出て行くのか。赤坂君のところに行くのか。

次の日の夕方、ナツから何度か着信があったけれど、電話は取らなかった。留守電には、ナツの声で新幹線の到着時間が入っていたけれど、岡山駅には迎えに行かなかった。

店を閉めて、釣りに出かけた。

日も暮れた頃、ナツから着信があった。

『やっとつながった。今どこ？』

「桟橋」

『桟橋？　何してるの？』

「釣り。……そっちは？」

『俊太郎さん迎えに来てくれないから、タクシーで帰ってきた』

「そう」

『そうって……さっき、昭ちゃん来たよ。今晩みんなでフェスの打ち合わせなんでしょ？』

「やめとく」

『やめとく？』

「気が進まなくて」

『サボるってこと？　……ねえ、どうしちゃったの？　みんなが優しいからって、そんな態度で、何しても許してもらえると思ったら大間違いなんだからね」

何も答えないでいると、

『もっとしっかりしてよ。最近、夜中にお酒飲んでるの、知ってるんだから』

黙っていると、ナツは強い口調で、

『いつまでも私がいると思わないでよね』

「いやなら帰ればいいだろ」

気づくと、口走っていた。

『え？』

「帰れよ」

『……どういうこと』

「別に」

こらえなきゃ、そう思っても止まらなかった。

「俺のとこにだって、たまたま成り行きでついてきただけだろ。そんなに俺が嫌なら、さっさと出ていけよ。東京にでもどこにでも、帰ればいい！」

しばらく、沈黙が続いた。その間ずっと暗い海を見ていた。

ナツの声がした。

『そんなふうに思ってたんだ』

そして、電話は切れた。

携帯の電源を切って車で眠った。明け方に目が覚めて携帯の電源を入れると、数十件の着信があった。昭ちゃんや珠美や、一平や次郎や、祥子からも。何事かと思って昭ちゃんの携帯に電話をかけると、

『俊ちゃん、おんどりゃー、何やっとんな！』

「携帯の電源切ってて……」

『いいから、はよ来《け》えっ』

昭ちゃんは大学病院の名前を告げた。

「え？」

『ナッちゃん、倒れて救急車で運ばれたっ』


夢中で車を運転してかけつけると、ナツはベッドで眠っていた。付き添っていた珠美は俊太郎の顔を見るなり立ち上がって、思いっきり頭を叩いた。

「ったく、あんたは！」

珠美は目を赤くしていた。

担当の医者が来て、個室に通された。そこで、初めて聞かされた。

年初めの市の健康診断でナツが再検査となったこと、大学病院で検査を受けたところ腫瘍《しゅよう》が見つかったこと。腫瘍は手術ができない位置にあり、東京の病院にセカンドオピニオンを求めたこと。

まるで話についていけず、淡々と説明し続ける医者のやけに青白い顔を、ただぼーっと見つめていた。

「何か、ご質問はありますか？」

「あの……ちょっと、待ってください。どうしてそんな大事なこと、今まで言ってくれなかったんですか？」

「ご家族への説明はいつでもしますと申し上げていましたが、奥様が、頑《かたく》なに拒否されてましたので、こちらとしてもご本人の意志を尊重せざるを得ませんでした」

部屋を出ると、すぐに赤坂君に電話をした。

『そうです。ナツさんに連絡をもらって、僕が専門医を紹介しました。こっちの病院で一度検査をして、おとといナツさん、その結果を聞きに来て』

赤坂君の声が震える。

『でもやっぱり、同じで。手術はできない、って。俊さんに病気のこと早く言うべきだって何度も言ったんですけど、ナツさん、きかなくて……俊さん。俺でできることあったら、なんでもしますから』

ナツの手を握り寝顔を見ていると、ナツが目を覚ました。俊太郎の顔を見ると、

「遅いよ」

と、冗談めかして言う。

「お義母《かあ》さんは？」

「一旦帰って、着替えとか、持ってきてくれるって」

「そっか……泣かせちゃった」

「なんで……」

こらえきれずに、涙声になる。

「なんで、そうやって、大事なこと、言わないんだよ」

「だって。俊太郎さん、絶対へこんじゃうし」

そう言って笑う。

「笑ってる場合じゃないだろ。へこむとか、へこまないとか、そんなの」

「心配されたくないの。私が心配したいの」

「なんだよ、それ」

「まあ、そういうこと」

「なんだよ、それ……心配くらい、させてくれよ」

「嫌なの。私のことで、へこんでるのも、泣いてるのも。そんな俊太郎さん、面白くない」

手を伸ばして、頬をつねってくる。

「もし時間がないっていうなら、いつもの俊太郎さんと一緒にいたい。ちょっと困りながら、誰かの世話を焼いてる俊太郎さんを、見てるのが好き」

そう言って笑うナツの、手を握ることしかできなかった。

ナツはそのまま入院して、二ヶ月後の六月に亡くなった。

楽しみにしていた『セトフェス』を見せることは、できなかった。


カフェのキッチンで、ナツが残したノートを見ていた。

カレーのレシピのページを見ると、『隠し味はハチミツ。ぜったい七窓産！』との注意書きがある。

ナツが岡山に来て初めての春、昭ちゃんのハチミツ農園に遊びに行った。

「ハチミツって、蜜を採ってくる花によって味が違うんだ」

と昭ちゃんが教えると、ナツが聞いた。

「この蜜は何の花の蜜なんですか？」

「アカシアにレンゲ」

「ああ、ここに来るまでの山道にいっぱい咲いてましたね。俊太郎さんがフルートの子にレコード買うために登った坂道」

一平たちから聞いた失恋話を持ち出して俊太郎をからかう。

「そうそう、汗だくで自転車漕ぎましたよ。フラれるとも知らずに」

開き直って答えると、

「じゃあ、このハチミツは俊太郎さんの失恋の味だ」

そう言って笑った。

『ニンジンはすりおろす』との注意書きもあった。

高田馬場のカフェで、ナツにどうしてニンジンが苦手なのか聞かれ、「ウサギの味がするから」そう答えたら、ナツは大きな口を開けて、ははっと笑った。

あの笑顔を見たのは、あの時が初めてだった。

最後のページをめくると、

『これで私のカレーは完成です』

と書かれていた。

『あとは俊太郎さんの人生を足して、もっともっと美味しくすること！』

その文字を見つめていたら、涙がこぼれた。

いやだ。こんな終わり方は。

いやだ。こんな別れ方は。

レコード棚に向かうと、奥からあのレコードを取り出した。ターンテーブルにのせて、針を下ろした。

君と1回目の恋

もう、どれだけの時間を過ごしたのか、わからない。

時間を戻して、ナツをいろんな病院に連れて行った。名医がいると聞けば、どこにでも行った。どこに行っても結果は同じだった。もっと時間を戻して、早くナツの病気が見つかるようにした。それでも、結果は同じだった。何度やり直して、どんな治療法を試しても、東洋医学や民間療法にすがってみても、何も変わらなかった。

ナツは、二〇〇〇年の六月に、同じ日に、同じ時間に、亡くなってしまう。

何度も、何度も、ナツが亡くなるのを見た。それでも諦められなかった。ナツが俊太郎の様子に戸惑っても、なりふりなんて構っていられなかった。どうにかして、救えるはずだ。ナツが岡山に来てくれたように、どうにかすれば、運命だって変えられるはずだ。そう信じて、何度も何度もレコードに針を下ろした。

ナツが入院すると、珠美に昭ちゃん、一平、次郎、真美ちゃん、美和ちゃんたちが代わる代わる見舞いに来た。ナツはいつもと変わらず、楽しそうにおしゃべりをしていた。店は珠美が手伝ってくれた。皆、ナツを元気づけると同時に、俊太郎を励ましたり、食事に誘い出してくれたり、時には説教したり、いろいろ気を遣ってくれたけれど、どんな言葉も耳に入らなかった。

なんとかして、ナツを救わなくちゃ、その方法ばかりを考えていた。

亡くなる数週間前、見舞いに来たナツのお母さんは、待合室でこんな話をした。自分が再婚して、ナツは気を遣うように上京した、と。

「あの子は、いつも人の気持ちばっかり考えてるような子で、だから、寂しいなんて、一度も言わなかったけれど、自分の家をなくしたように感じてたんじゃないかなって」

ナツの言葉を思い出す。『東京は、何年いても、なんだか、自分の街じゃない気がする』そんなことを言っていた。

「俊太郎さん、あの子と家族になってくれて、ありがとうね」

ナツのお母さんが頭を下げる。何度も戻って、何度も聞いた言葉だ。

そのたびに、ナツにとってこの町は、自分の街だったんだろうか、と考える。そしてあの日、ナツに投げつけた言葉を思い出す。
『帰れよ。そんなに俺が嫌なら、さっさと出ていけよ。東京にでもどこにでも、帰ればいい！』

道路沿いの道をぼんやりと歩いていた。もう何十回目かわからない春が来ていて、アカシアやレンゲの花が咲いていて、ミツバチが飛んでいた。

ナツは、何度も繰り返す。見舞いはいいから『セトフェス』の準備を頑張れ、と。お店も、お義母さんにばかり頼ってないでちゃんと頑張れ、と。でも、そこにナツがいないのなら、頑張る理由なんてない。

もうずっと、まともに眠っていない気がする。疲れた。もう見たくない。弱っていくナツを、死んでいくナツを、見たくない。でもやめるわけにはいかない。こんな終わり方は嫌だ。こんな別れ方は嫌だ。

ナツと二人でいられさえすれば、他に何もいらなかった。夢を失っても、何を失っても、どんなに嫌なことがあっても、その先の未来にナツがいれば、全部の消し去りたい過去が、ナツの隣にいるために必要だった過去に変わった。

ナツだけで、良かったのに。

足がふらつき、気づくと、道路に踏み出していた。

クラクションの音が響いた時、それもいいか、と思った。

もしナツを救えないなら、ナツがいない人生なんて、何の意味がある？

もういい。全部終わりにしよう。

次の瞬間、目を開けると、店にいた。

右手は、レコードの針を握っている。

携帯電話の日付を見ると、レコードをかけた日に戻っていた。

何だよ。

そんなずるはなしだっていうのか？

ナツが死ぬ日を変えることはできない。俺が死ぬ日も。

俺は、ナツを追って、死ぬことすらできない。


そのまま時が過ぎ、ナツが亡くなる前の晩になった。

眠るナツの顔をずっと見ていたけれど、いつのまにかうたた寝してしまった。

ナツの声がした。

「いつまで寝てんのよ」

目を開けて、ナツを見た。

いつまで寝てんのよ？　……言うか？　人の気も知らないで。

その言い草に、気が抜けて、思わず腹が鳴った。

すると、ナツが笑った。本当におかしそうに。

ナツの笑顔を、本当に久しぶりに見た気がする。つられて、思わず笑ってしまった。

ナツと二人で、なぜだか、笑い続けた。

「……よかった」

そうナツが言った。

「よかった？」

「ずっと俊太郎さんが遠くに行ってしまった気がしてたから。最後に目が合って、よかった」

その言葉を聞いたら、

「ごめん……」

泣いてしまった。ナツの前で。

「ごめん……少しも幸せにしてやれないで」

ナツは、笑って、

「わかってないなあ。ほんと」

と、左手でグーを作って、頭をつついてくる。

「俺が、ずるをしたから」

「ずる？」

「ナツの運命を変えたから。連れてきちゃったから。俺なんかに会わなければナツはもっと——」

「わかってないなあ」

と、また頭をつつく。

「どんな運命だろうと、私は好きになったよ。俊太郎さんを」

それからナツが眠るまでの短い時間、ひさしぶりに二人きりで話をした。

手作りのピザ窯で初めて焼いたピザが真っ黒焦げになったこと、いつかの夏祭りで俊太郎が浴衣《ゆかた》を左前に着ていて恥ずかしかったこと、『恋愛小説家』という映画を観に行った帰りの車の中で、感想を言い合っているうちにケンカになったこと。

なんてことのない想い出話をしながら、ナツは何度も懐かしそうに目を細めた。その短い時間は、もしかしたらこれまでで、一番しあわせな時間だった。

ナツは微笑んだまま目をつぶって、しずかに眠りに落ちていった。透き通るようなまぶたを見つめて、ナツの頬にそっと触れた。そして席を立った。


病室を出て、まっすぐに歩いていく。

『どんな運命だろうと、私は好きになったよ。俊太郎さんを』

そんなことはないんだ、ナツ。

時間を戻さなければ、ナツとは言葉も交わさないまま、ただの片想いで終わる恋だった。ナツが俺をかわいそうと思ってこの町までついてきてしまうこともなかった。最後の時を俺と過ごすこともなかった。

そばにいるのが俺じゃなければ、ナツはきっと、もっと幸せだったはずだ。

やっとわかった。

自分が、どこに戻るべきかが。


目を開けると、カフェにいた。ボサノヴァが流れている。

「お待たせしました」

おだんごヘアのウェイトレスの女の子が、カレーを運んでくる。目の前のカレーには、ニンジンがごろりと入っている。

ポケットの中を探って、ポケベルを取り出す。『1995/06/18 SUN』。

黙々とカレーを食べる。最後にニンジンを一気に口にほうり込み水で流し込んだ。そして、カウンターの中のナツの顔を見ないようにして、お金を払いすぐに店を出た。

そのまま、振り返らずに歩いていく。

ナツと岡山で過ごした五年間が消えた。

玉ねぎを刻む音から始まる二人の暮らしも、『HASEGAWA COFFEE』に流れるレコードと鼻歌も、ナツが珠美と俊太郎の悪口を言って笑いあう姿も、春にハチミツを採ったことも、砂浜で同級生たちと飲んだことも、オリーブ園の展望台でキスしてくれたあの瞬間も、消えた。

戸山公園で、適当なポルトガル語で歌ったあの時間も、赤坂君のライブを見て涙した時そっと手を握ってくれたあの時間も。病院の待合室で赤ん坊はラの音で泣くという話をしてくれたあの時間も、すべてが消えた。

そんな未来は、もう絶対に来ない。

だって、ナツとはもう二度と会わないから。

ナツはこのまま、本当に歩むはずだった時間を生きる。

赤坂君ならきっと、ナツを幸せにしてくれる。少なくとも、俺と一緒にいるよりは。

これでいいんだ。一回目に戻ろう。ナツが、俺と出会ってしまう前に。

「若いな」

高円寺のアパートで、自分の顔を鏡に映して、思う。

あの頃は、全てのことが崖っぷちだと思っていたけれど、二十九歳なんて、まだまだ若いじゃないか。

ともかく、やるべきことを片付けよう。

大家さんに連絡をしてアパートを引き払う旨を伝えた。ついでに圭子に電話をした。

『俊ちゃん？　そっちから電話かけてくるなんて珍しいね』

「圭子ちゃんあのさ、葵海《あおい》ちゃ……お腹の赤ちゃん、予定日より早く、たぶん七月三十一日くらいに生まれるから、くれぐれも無茶はしないようにね」

『はあ？　何言ってんの？　ミュージシャンあきらめて占い師でも始めた？』

圭子に何度も念を押し電話を切ると、イズミレコードに向かって、社長に挨拶をしアルバイトを辞めて故郷に帰ることを伝えた。その足で、師匠の家に向かった。

「岡山に帰って、親孝行しようと思います」

そう伝えると、師匠はへっ？　と目を丸くして、

「なんだよ……昨日の今日でやけにあっさり決めたじゃねーか」

「向いてないんですよ、ギタリスト」

「なにそれ、なにそのあっさり具合、なんかむかつく」

「それから師匠。ひとつお願いしたいことがあって」

「金なら貸さねえぞ」

「八月の仙台のライブ、俺そういうわけで手伝いにいけないんですけど、その日のランチ、忘れずに牡蠣小屋で生牡蠣たらふく食ってくださいね」

「は？　お前何言ってんだ」

「十年師匠に尽くしてきた弟子の頼みです！　それだけはどうか！」

頭を下げる。ささいなことで運命が変わって、師匠が元気にライブに出てもらっちゃ困る。赤坂君はあのライブのピンチヒッターで注目されて、ギタリストとしても、医者としても、もっともっと活躍して、それで、ナツを幸せにしてくれなかったら困る。

高田馬場のミュージックバーのママに、岡山に帰ることを報告すると、

「何言ってんの、皆に黙って帰っちゃうつもり？　再来週の日曜日、ギター俊ちゃんで

しょ。せめてお世話になった皆に挨拶してから行きなさい」

怒られてしまった。どっちにしろ引越しの準備や、レコード屋のアルバイトの引き継ぎで、もう少しは東京にいる必要がある。その日の伴奏の仕事を最後に、岡山へ発《た》つことに決めた。

師匠やノブさんが壮行会をやってくれたり、イズミレコードのバイト仲間や、かつてのバンドメンバーのナカジマやコージが送別会をやってくれたりと、慌ただしい二週間が過ぎた。荷物を全て岡山に送って、がらんとしたアパートを見つめる。頭の中も、胸の中も、なんだか空っぽだった。

大家さんに鍵を返し、高田馬場のミュージックバーに向かう。店の前には『ギター俊ちゃんサヨナラライブ&壮行会』というボードが掲げられていて、店に入ると、満員のお客さんがクラッカーを鳴らして迎えてくれた。

「なんか、すごいですね」

「そりゃ俊ちゃんの人生の門出だからさ、みんな駆けつけずにはいられないでしょうよ」

常連の山田さんが背中を叩いてくる。

たかを。

あの頃は全く気づかなかったけれど、今ならわかる。自分がどれだけ人に恵まれてい

山田さんやママや常連さんたち、師匠やノブさん、泉さんにナカジマ、コージ、赤坂君。こんなにいい人たちに囲まれていたのに、どうして世界で独りぼっちのような気がしていたんだろう。

山田さんの調子外れの歌の伴奏をしながら、鼻の奥がツンとしてきた。

きっと、大丈夫だ。ナツがいなくても、ナツが心配してくれたように、この先、独りぼっちで生きていくことは、たぶん無い。

久しぶりすぎるギターの演奏に指はもつれて「そんな腕なら、確かに田舎帰ったほうがいいなあ」と、山田さんにからかわれる。

わかってるって。帰るんだ。故郷に帰って、二度と東京に来るつもりはない。だからナツ、もう二度と会えないけれど。どうか、どうかどうか、しあわせに――

店のドアが開いて、お客さんが入ってきた。白いスニーカーと細いくるぶしが見えた。また赤坂君目当ての若い女の子が間違って……と顔を上げると、入ってきたのは、ナツだ。カフェのエプロンをしたまま、少し緊張した様子で頰を赤くしながら、ママに案内されて、常連さんが空けてくれたカウンター席に座る。

なんで、どうして。

どうしてナツがこの店に？　今まで、一度だって来たことがないのに。どうしてこんなタイミングで？　訳がわからないまま山田さんの歌が終わり、拍手が起こった。

「じゃあ、新しいお嬢さん来たから、早速歌ってもらっちゃおうか」

ママに促され、ナツが近くに来る。もう二度と会わないと決めた二十四歳のナツが、すぐ目の前にいる。ママが聞く。

「曲は？　何を歌ってくれるの？」

「ええと……」

ナツが遠慮がちにこっちを見た。目が合った。次の瞬間、店を飛び出していた。


店から遠ざかるように、逃げるように、早足で歩いていく。

どうしてナツが店に来た？　どうして運命が変わった？

どうして。どうして。

「俊さん！」

声をかけられて振り向くと、赤坂君がいた。

「どうしたんすか？」

「え？」

「いや、ギター抱えてどこへ……」

気づけば、ギターを持ったままだ。

「バーのバイトは？　まだ終わる時間じゃないでしょ」

「いや……赤坂君こそ、何で」

「俊さんに会いに」

「俺に？」

「俺やっぱ、納得いかなくて。急に岡山帰るって何なんですか。その程度の気持ちで音楽やってたんですか？」

まっすぐな視線を投げてくる。

「カッコ悪くないっすか？　俊さんの人生、それでいいんすか？」

やっぱり、ど直球だ。そんな赤坂君の懐かしい姿を見ていたら、少し気持ちが落ち着いてきた。

「いいんだよ、俺はこれで。赤坂君は、ギターがんばって。それから勉強も。それで、どうか、今の彼女を大事にして」

「彼女？」

「ああ、えっと、ミュージックバーの裏手のカフェの――」

「ナツさん？　……がどうかしたんですか？」

「赤坂君が言ってた、一生大事にしたい相手って、彼女だろ？」

　赤坂君は、しばらく黙った後、言った。

「話が見えないんすけど」

「え？」

「まぁ、正直、いいなって思ってた時もありますけど、話してるうちに、ナツさんには長い間、想ってる人がいるってわかったんで」

「え……」

「そいつなら、まあいいか、って思えるやつだったんで、俺は応援に回ることにしたっていうか。だから、今はただの友達ですよ」

「ただの友達？」

「はい」

　ナツの恋人は、赤坂君じゃなかった？

　呆然としていると、赤坂君は少し苛立ったように言った。

「ま、あとは彼女に直接聞いたらどうですか？」

戸山公園のベンチに座り、缶コーヒーを一気に飲んだ。

ナツには、赤坂君と会うより前から、好きな相手がいた。だとしたら……俺は、誰にナツを託せばいいんだ？　その誰かに託して、本当にナツは、幸せになれるのか？

全てが、また振り出しに戻ってしまったような気がした。

「こんにちは」

近所の都営団地に住むおばあちゃんが散歩に来て、隣に座った。

「おみかん食べる？」

と、みかんをくれる。おばあちゃんは、孫の話を始めた。サッカー部で活躍する高校生の孫の話だ。上の空で相槌《あいづち》を打っていると、

「あの」

顔を上げると、目の前にナツがいた。

「あらあら、お待ち合わせだったの？　ごめんなさいね」

おばあちゃんが立ち上がる。

「いえいえ、お気になさらず」

ナツがあわてて首を振るが、

「ううん。私も、もう家に帰る時間なの。よかったら、おみかんどうぞ」

ナツにみかんを渡して、帰っていく。

ナツと二人になった。お互いみかんを握ったまま、数秒が流れた。

「あの。さっきは、ごめんなさい。私、何か失礼なことしちゃいましたか？」

「いえ……何も、ただ、急用を思い出してしまって」

沈黙が続く。ナツの顔を見られずにうつむいていると、ナツが口を開いた。

「初めて伺ったんです、あのお店。今日はどうしても行かなきゃ、って」

「どうしても？」

「私、あのミュージックバーの裏手のお店で、カフェをやってるんです。前の前の日曜日、カレー、食べに来てくれてましたよね」

「あ……はい」

「お礼が言いたくて」

「お礼？　カレー食べたくらい」

「そうじゃなくて……一年くらい前からかな。日曜になると、あのミュージックバーから歌とギターの伴奏が聞こえるようになって。ギターはすごく上手い人と、何だかあたたかい音色の人が一週ずつ交代で」

「え……」

　思わず、ナツを見上げる。

「あの、あそこに山、ありますよね」

　ナツは後ろを振り返る。

「箱根山……」

「そう、箱根山。うちのお店、十四時にランチが終わって、それから休憩になって。この公園、あまり人がいなくて落ち着くから、たまに来るんです。去年の秋頃、箱根山のてっぺんのベンチでお昼のサンドイッチを食べてたら、ギターの音がして、下を見たら、あなたがこのベンチで練習してました。それで、秘密がわかったの」

「秘密？」

「あたたかい音色のギターの人は、伴奏をよく間違えるんだけど、一度演奏した曲は、二回目はちゃんと素敵な伴奏なの。……ここで、復習してたからなんだなって」

　ナツは、ちょっと照れたように、

「それからこの公園で、あなたのギターを聴くのが楽しみになりました」

　そう言って微笑んだ。

　ナツと陸とオリーブ園の駐車場で自転車の練習をしていた時のことを思い出していた。

『バカと煙は、高いところが好き』そう言ってからかうとナツは言った。

『上から見渡した方が、いいものも見つかりやすいでしょ』

『いいものって何？』

『ま、ふもとをぐるぐる回ってるのが好きな俊太郎さんにはわかんないよ』

目の前のナツは、続ける。

「箱根山のてっぺんでランチをしながらあなたのギターを聴いてる、その時間だけは……なんだかほっとできて、大げさに言っちゃうと、ここにいていいんだよって、ゆるされてるみたいな時間で」

それは俺が、ナツのいるカフェで、ナツの鼻歌を聴いて思ったことだ。

「だから今日看板に、『サヨナラライブ』って、それ見たらなんかすごく悲しくなっちゃって。どうしても一言だけお礼が言いたくて。だから、来ました。今までずっと、ありがとうございました」

そう言って、頭を下げる。

「そんな……そんな大したもんじゃないですから。だって……俺のことなんて、知らないでしょ」

最後は涙声になった。ナツは驚いた顔をして、少しの間、黙っていたけれど、

「そうですね。でも、ちょっとだけ知ってます。さっきのみかんをくれるおばあちゃん、お孫さんの話、いつも同じ話するのに、いつも初めて聞くように相槌打ってあげるの。それから、カレーのニンジン、よけておいて最後に一気に食べて、作った人に悪いと思うのかな」

ナツは、必死に励まそうとしてくる。

「きっと優しい人で、人の気持ちをいつも拾って、優先させちゃう人で、でも、そういう人の気持ち、拾いたくなる人、きっといると思います。一人くらいは、きっと」

消えたはずの時間が、鮮やかによみがえる。

あの時、初めて会ったナツと何度も目が合ったのは。

あの時、ナツのカレーのニンジンが消えていたのは。

あの時、カフェにストーンズの『Let It Bleed』があったのは。

あの時、赤坂君が仙台のライブでナツを紹介しようとした理由は。

あの時、手を握ってくれたのは。あの時、岡山についてきてくれたのは。

勘違い？　都合の良い妄想？

大いにしてやろうじゃないか。

「まるで、俺のファンみたいですね」

ナツの目を見て、泣きながら笑うと、

「そうですね」

そう言ってナツも笑う。

「僕の方は……あなたのこと、何にも知らないけど。カレーが美味しいっていうことと、好きな曲くらいしか」

「好きな曲？」

ギターを構える。

動け、指。こんな時くらい。

いや、下手くそでもいいや。だって。俺だったんだ。

『三月の水』を弾き始めると、ナツは驚いて、そして、本当に嬉しそうな顔をした。

しばらく目をつぶって耳を傾けていて、そして、小さく鼻歌で歌い出した。

俊太郎も、応えるように鼻歌で歌う。

ナツが微笑んで、適当なポルトガル語で歌う。俊太郎もやり返す。

曲が終わって目が合う。二人で爆笑した。

その笑顔を見つめて、そして、言った。

「僕、これから故郷に帰るんです。だから……よかったら、一緒に来ませんか？」

ナツは一瞬固まって、そのあと、大きな口を開けて笑った。

答えは、もうわかってる。

エピローグ

二〇一六年七月三十一日。

大きな鍋を車に載せて、ヨットハーバーまで運ぶ。

今年も『セトフェス』の日がやってきた。第一回目が好評で、以来、この町の夏の恒例行事として続いている。今年でもう十七回目だ。

出店でカレーを温めていると、スタッフTシャツを着た大学生が来た。

「おじさん、俺最近ストーンズ聴き始めたんじゃけど、ええアルバムあったら教《おせ》えて」

「『Let It Bleed』は？」

「聴いた」

「じゃあ、『Black & Blue』。すごく心に沁《し》みるバラードがあってさ」

「ふーん」

すぐにスマホでYouTubeを検索してイヤホンで聴くと、

「お、ええな、あざっす！」

と言いながら、去って行く。

時間旅行は、だいぶ手軽になった。それにちょっと寂しさを覚えてしまうのは、やっぱり俺がジジイになったということか。だって、心して聴かなきゃ勿体《もったい》ないじゃないか。そのアルバムを「初めて聴く」体験は、たった一度しかないんだぞ。って、これもジジイの説教か。

それでも最近は、若者を中心にレコードが人気を盛り返しているなんて話も聞く。陸や葵海ちゃんが、自分たちが生まれる前のレコードをかけながら音楽の話題で盛り上がっているのを見るのは、なんとも嬉しい。

そうなんだよ、ナツ。二十一年前の今日、ラの音で泣きながら生まれた葵海ちゃんは、七歳の時からこの町に住んでる。圭子のやつ、出戻ってきたんだ。またお隣さんだ。

あの小さかった陸は、でかくなりすぎて今じゃ俺を見下ろしてる。二人は幼なじみで、葵海ちゃんがボーカル、陸がギターのバンドで毎年この『セトフェス』に出場している。おまけにどうみても二人、恋をしているようだ。

そんな未来、とても想像つかなかっただろ？

ナッツと作ったカフェには、相変わらず昭ちゃんや、一平や次郎や、陸や葵海ちゃんの友達の若いやつらなんかも入れかわり立ちかわりやってきて、毎日にぎやかだ。母さんも変わらず元気だし、そうそう、こないだは昔の俺みたいな中学生が来て「ギター教えてください」なんて真剣な顔で言うから笑っちゃったよ。

　寄り添いたい人はまだいないけれど、喜ばせたい人はそれなりにいる。みんな好き勝手に無理難題を押し付けてくるけれど、世話を焼くのはそれなりに楽しい。

　へこむ時もないわけじゃないけれど、人生の光の射すほうを見てやろうと思えば、毎日何かしら新しいことが起こる。

　そんなわけで、俺のカレーはまだまだ完成しなさそうだ。

「俊ちゃん、スタッフの弁当まだだけ？　みんな腹すかせてるんじゃだけど」

「はいはい、ただいま！」

　ま。完全に雑用係だけれど、やっぱり性に合っているらしい。

本文デザイン／高橋健二（テラエンジン）

本書は、集英社文庫のために書き下ろされた作品です。

JASRAC 出 1701739-701

BUT NOT FOR ME
By George Gershwin, Ira Gershwin
©1930 NEW WORLD MUSIC CO., LTD.
All rights reserved. Used by permission.
Print rights for Japan administered
by YAMAHA MUSIC PUBLISHING, INC.

AGUAS DE MARCO
Words & Music by Antonio Carlos Jobim
©1972 by Corcovado Music Corp.
Assigned for Japan to Taiyo Music, Inc.
Authorized for sale in Japan only

集英社文庫　目録（日本文学）

集英社文庫　目録（日本文学）

集英社文庫

君《きみ》と1回目《かいめ》の恋《こい》

2017年3月25日　第1刷　　定価はカバーに表示してあります。

著　者　大島里美《おおしまさとみ》

発行者　村田登志江

発行所　株式会社 集英社
東京都千代田区一ツ橋2-5-10　〒101-8050
電話　【編集部】03-3230-6095
【読者係】03-3230-6080
【販売部】03-3230-6393（書店専用）

印　刷　中央精版印刷株式会社　株式会社美松堂

製　本　中央精版印刷株式会社

フォーマットデザイン　アリヤマデザインストア　　マークデザイン　居山浩二

本書の一部あるいは全部を無断で複写複製することは、法律で認められた場合を除き、著作権の侵害となります。また、業者など、読者本人以外による本書のデジタル化は、いかなる場合でも一切認められませんのでご注意下さい。

造本には十分注意しておりますが、乱丁・落丁（本のページ順序の間違いや抜け落ち）の場合はお取り替え致します。ご購入先を明記のうえ集英社読者係宛にお送り下さい。送料は小社で負担致します。但し、古書店で購入されたものについてはお取り替え出来ません。

© Satomi Oshima 2017　Printed in Japan
ISBN978-4-08-745564-9 C0193